WHAN THAT Aprille with his shoures soote
The droghte of March hath perced to the roote,
And bathed every veyne in swich licour,
Of which vertu engendred is the flour;
Whan Zephirus eek with his swete breeth
Inspired hath in every holt and heeth

The tendre croppes, and the yonge sonne
Hath in the Ram his halfe cours yronne,
And smale fowelcs maken melodye,
That slepen al the nyght with open eye,
So priketh hem nature in hir corages;
Thanne longen folk to goon on pilgrimages,
And palmeres for to seken straunge strondes,
To ferne halwes, kowthe in sondry londes;
And specially, from every shires ende
Of Engelond, to Caunterbury they wende,
The hooly blisful martir for to seke,
That hem hath holpen whan that they were
seeke.

BIFIL that in that seson on a day,
In Southwerk at the Tabard as
I lay,
Redy to wenden on my pilgrym-
age
To Caunterbury with ful devout
corage,
At nyght were come into that hostelrye
Wel nyne and twenty in a compaignye,
Of sondry folk, by aventure yfalle
In felaweshipe, and pilgrimes were they alle,
That toward Caunterbury wolden ryde.

The tendre croppes, and the yonge sonne
Hath in the Ram his halfe cours yronne,
And smale foweles maken melodye,
That slepen al the nyght with open eye,
So priketh hem nature in hir corages;
Thanne longen folk to goon on pilgrimages,
And palmeres for to seken straunge strondes,
To ferne halwes, kowthe in sondry londes;
And specially, from every shires ende
Of Engelond, to Caunterbury they wende,
The hooly blisful martir for to seke,
That hem hath holpen whan that they were
seke.

BIFIL that in that seson on a day,
In Southwerk at the Tabard as
I lay,
Redy to wenden on my pilgrym-
age
To Caunterbury with ful devout
corage,
At nyght were come into that hostelrye
Wel nyne and twenty in a compaignye,
Of sondry folk, by aventure yfalle
In felaweshipe, and pilgrimes were they alle,
That toward Caunterbury wolden ryde,

WHAN THAT Aprille with his shoures soote
The droghte of March hath perced to the roote,
And bathed every veyne in swich licour,
Of which vertu engendred is the flour;
Whan Zephirus eek with his swete breeth
Inspired hath in every holt and heeth

书之书

蔡家园 著

长江出版传媒 长江文艺出版社

图书在版编目（ＣＩＰ）数据

书之书 / 蔡家园著. -- 武汉：长江文艺出版社，
2017.6
　ISBN 978-7-5354-9533-4

　Ⅰ. ①书… Ⅱ. ①蔡… Ⅲ. ①随笔－作品集－中国－
当代 Ⅳ. ①I267.1

中国版本图书馆 CIP 数据核字(2017)第 052283 号

责任编辑：李　艳　　　　　　　　　　责任校对：陈　琪
封面设计：陈　瑶　　　　　　　　　　责任印制：邱　莉　刘　星

长江出版传媒　　长江文艺出版社

出版：
地址：武汉市雄楚大街 268 号　　　　邮编：430070
发行：长江文艺出版社
电话：027—87679360
http://www.cjlap.com
印刷：湖北恒泰印务有限公司

开本：970 毫米×640 毫米　　1/16　　印张：15.5
版次：2017 年 6 月第 1 版　　　　2017 年 6 月第 1 次印刷
字数：168 千字

定价：36.00 元

目录
Contents

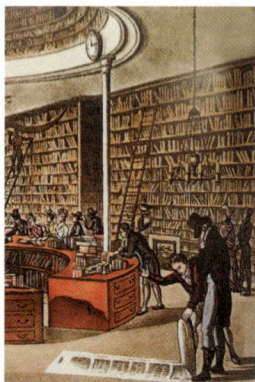

第四辑　书畔风景

第一辑　书香袭人

THIS BOOK IS THE PROPERTY OF
MANDER BROTHERS
AND FORMS PART OF THEIR
WORK PEOPLE'S LIBRARY

THE WORKPEOPLE EMPLOYED IN OUR VARIOUS
FACTORIES ARE AT LIBERTY TO TAKE OUT
BOOKS, ONLY ONE BOOK CAN BE WITHDRAWN
AT ONCE AND MAY BE KEPT A REASONABLE
TIME, BUT MUST BE RETURNED IN ANY CASE,
IMMEDIATELY ON REQUEST OF THE LIBRARIAN

三十多年过去了，只要一回忆起那本书，
我的鼻尖上立刻就会神奇地浮现出那股
美妙的气味，而书的名字和内容，竟没有
一丁点儿印象了……

书亦有色可赏玩

——书之美

一本漂亮的书，不啻于一件美妙的艺术品。正如《法言·吾子》所言："女有色，书亦有色。"大藏书家周叔弢说得更加生动形象：书的版刻好如同女子先天身材好，印工好乃后天发育好，装帧好就像好女子又穿上了漂亮衣服。像这样精心制作的书，除了拿来阅读，更可以细细赏玩。日本著名设计家杉浦康平也说："每每翻阅美的书籍，总会感到无比惬意。这是因为我们会用心去感受它内容的分量，欣赏它设计的美。"的确，一本漂亮的书，总是能通过整体的设计完美地传达出书的内涵。无论是材质的搭配、纸张的选择、颜色的运用，还是版式、字体和插图，都能达到完美和谐的统一，从而呈现出与众不同的美感和精神。

西方独立的书籍设计理念肇始于20世纪初。1928年，伦敦出版了专业的书籍设计杂志，倡导书籍的艺术之美。英国的威廉·莫里斯于1891年成立了凯姆斯科特出版印刷社，强调艺术要融入生活，倡导艺术与手工艺相结合，注重书籍的整体设计，开创了"书籍之美"的理念。莫里斯的代表作是《乔叟诗集》，其制作前后花费了四年时间，版画家乔治和爱德华为之创作了87幅木刻版画。他在书中采用全新的字体，设计了大量纹饰，还借鉴中世纪手抄本的设计理念，将文字、插图、版面构成以及活字印刷视为一个整体综合考虑，终于印制出一本践行"书籍之美"理念的杰作。莫里斯的观念影响深远，法国、荷兰、美国等国随后也兴起了书籍艺术运动，一大批著名艺术家热情参与其中。

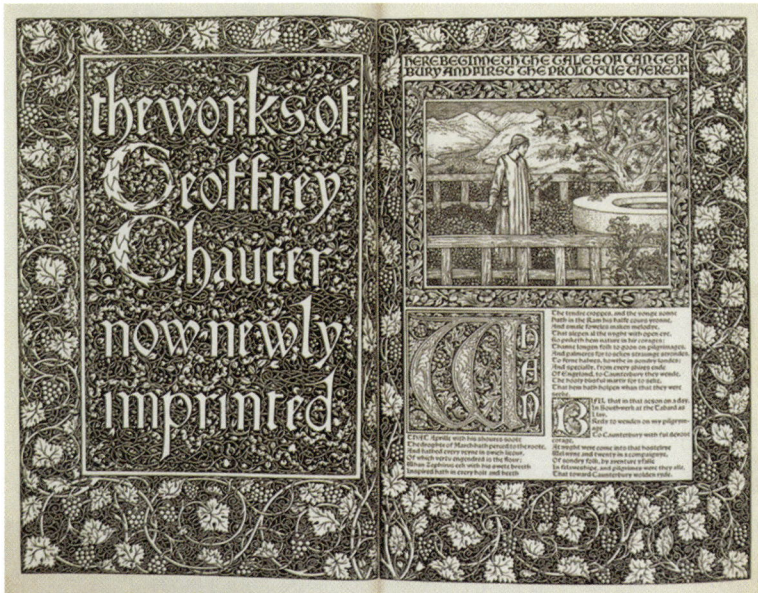

✤ 《乔叟诗集》

比亚兹莱是英国著名插画家,设计过许多图书、杂志的封面,影响深远。他以版画风格设计的《亚瑟王之死》《莎乐美》《沃尔朋》封面,线条清新冷峻,构图完美和谐,细部简练优美,尤其是对黑白色块的大胆使用,给人带来强烈的视觉冲击。他的图书设计巧妙地把人物、山水、花木有机地统一于画面中,具有浓郁的图案装饰意味,华美、怪诞而意蕴深远。

在20世纪20年代的法国,艺术家们一度以做书为时尚,兴起了一股"书坊潮"。著名艺术家毕加索、米罗、马蒂斯、夏加尔、莱热等都曾加入其中,创作了大量书装作品。当时的艺术圈内流行一句话:"不做书,不可称之为大师。"

鲁迅是中国现代书籍设计艺术的开拓者和倡导者。"天地要阔、插图要精、纸张要好",是他提出的最基本要求。他设计了十多

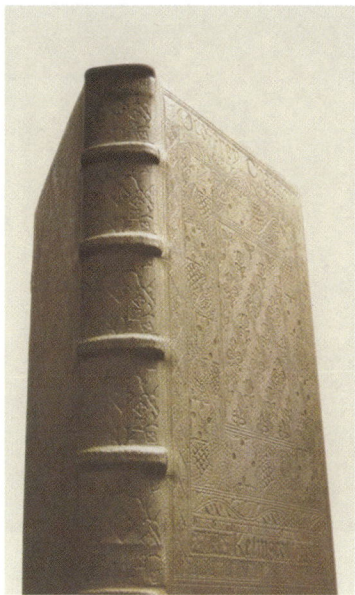

❧《乔叟诗集》封面　　　　❧《呐喊》封面

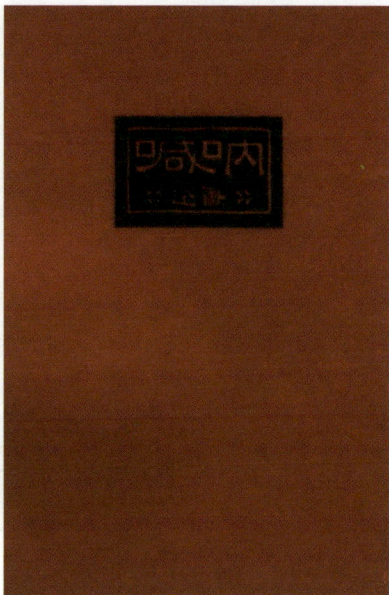

种书籍,如《呐喊》的封面,就堪称经典之作。在鲁迅的影响下,涌现了丰子恺、陶元庆、司徒乔、关良、钱君匋、林风眠、叶灵凤、庞薰琹等一大批优秀的书籍设计艺术家。从此,中国的图书装帧设计开始了新的时代。

优秀的书籍设计家就像导演,拿到一部书稿,会首先深入阅读,挖掘深层内涵,寻找出主体旋律,然后把握其节奏起伏,进行综合考量。无论是文字排列、图像选择、留白处理、色彩搭配,还是开本选择、纸张运用、制作工艺等都有严格的讲究。设计一本书就像导演一部静态的话剧,其意义远远超出了设计技术本身。

中国书装设计的领军人物吕敬人说:"我有句话叫'书籍之美体现的是和谐和对比之美'。和谐是指书给你创造的精神享受的空间,你能觉得有意思,能够沉迷其中流连忘返。对比之美是指通

⚜ 1920 年手工装订的珍本书《弗拉登战役》，封面为羊皮，镶嵌有 12 颗土耳其玉和 12 颗红石榴石

过阅读，你的触觉等感观也感觉到愉悦，精神享受的空间和物化的双重愉悦就是书籍所创造的美。"在设计《朱熹榜书千字文》时，他考虑既要保持传统典籍的原汁原味，又要创造一种新形态，就决定以原大复制古籍，而在内文细节设计中注入更多新元素。如，用文武线为框架将传统格式予以强化，注入大小粗细不同的文字符号、线条。上下部的粗线将狂散的墨迹予以限定，左右的细线与奔放的书法字形成对比，在扩张与内敛、动与静中取得平衡和谐。该书的封面设计则以中国书法的基本笔画点、撇、捺作为上、中、下三册书的基本符号特征，既统一又参差。封函虽然是仿宋代印刷的木雕版，但将文字反雕在桐木板上。全函以皮带串连，以如意木扣合成，在朴素中显高贵。这本书充分体现了吕敬人的设计理念，出版后得到广泛好评。

获得 2004 年度"世界最美的书"称号的《梅兰芳戏曲史料图

画集》,为四眼线装,上下两册,配以函盒。函盒为玄色丝织压印戏曲人物脸谱,上下点缀朱印方章,函背则染以中国红,书皮采用米色略带光泽的纸,印着戏曲人物图谱,充盈着雅淡简逸之气。该书的版式编排突出中国传统特色,图文外环浅灰线框,大量留白,整个版面色彩浓淡相宜。全书工艺细致流丽,墨彩相映,蕴藉委婉,古简典雅,令人赏心悦目。设计师张志伟在设计该书时,追求"大象无形"的境界。"大"为精炼的艺术概括,"象"为图书内容,也就是不露痕迹的设计。

❖《梅兰芳戏曲史料图画集》

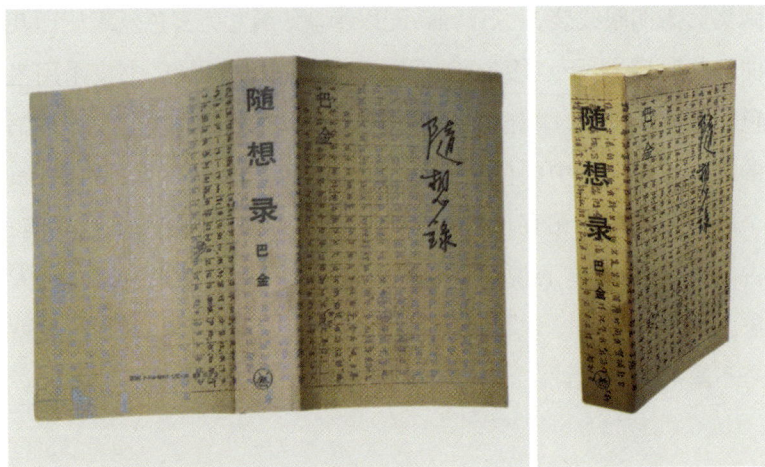

✦ 范用设计的《随想录》

与之风格相似的《曹雪芹风筝艺术》，也获得了 2006 年"世界最美的书"称号。它的构思十分巧妙，充分利用书页的空白部分，每一页都插入漂亮的风筝。印刷采用轻软柔韧的宣纸，以棉线装订。这样的材料轻盈而古雅。当读者掀动书页时，风筝仿佛翩翩起舞，那种曼妙的感觉，让人心醉。

这些图书都将具有民族特色的设计元素运用得恰到好处，因而形成了独特的东方书籍设计语言，典雅含蓄，韵味悠长。手捧一册这样的书，再佐一杯香茗，目光徜徉于书页之间，真是无上的享受。

设计家詹伟雄在《视觉的繁荣年代》中有个观点：设计师透过"装帧"或"排版"来编码，读者则凭借自己累积的知识和审美经验来解码，从而产生"阅读快感"。《无上清凉——弘仪大师墨宝舍利》是为纪念弘一大师圆寂六十周年而出版的一部书，曾被评为"中国最美的书"。它采用瓷青函套和瓷青护封，封面上只有一轮皓月散发着清辉，没有一点多余的修饰，显得清、幽、寒、静。整个设计浑然天成,版面的简洁与大师淡雅清远的气质融为一体,空寂恬淡的禅境跃然纸上。设计师以意象来渲染书的主题,显然是要激发读者通过"解码"来感受那优美的意境,领悟画外之意。

一些有思想的设计家,不仅追求装帧本身所呈现的美,还会运用各种手段激发读者参与其创作,从而深度体验审美快感。吕敬人就说过:"我也强调设计的引导功能,不能让读者永远停留在较低的审美层次里。最美的书是内容和形式统一、审美和功能统一的书。书籍不是静止的装饰之物。读者在翻阅过程中,与书沟通并产生互动。"他在设计《梅兰芳全传》时,最初接触的材料是表现梅兰芳一生的文字和部分剧照。做设计构思时,他考虑到这本书实际上反映了梅兰芳戏剧舞台和人生舞台两个部分,于是又找来更多梅兰芳的生活照,根据这个思路重新编排内文。这本书的翻口匠心独运:向右翻,切口上呈现的是一张梅兰芳的生活照,象征他的生活舞台的起始;向左翻,切口上呈现的则是一张戏装照,暗喻着他戏剧舞台的开端。吕敬人说:"这就是我所追求的,设计不

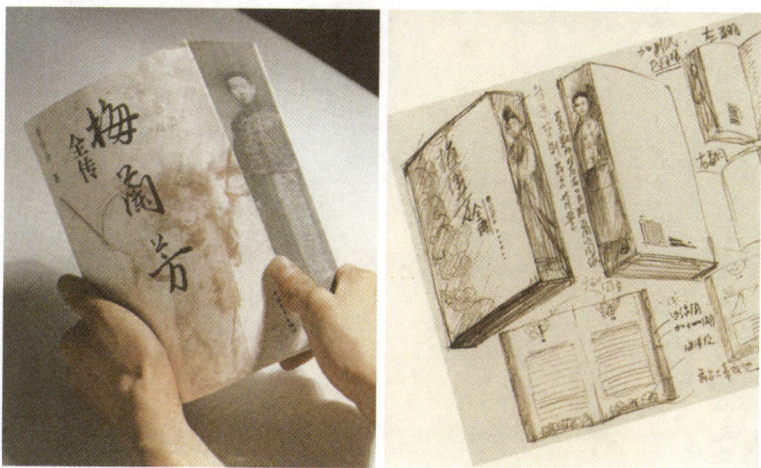

✤ 吕敬人设计的《梅兰芳全传》

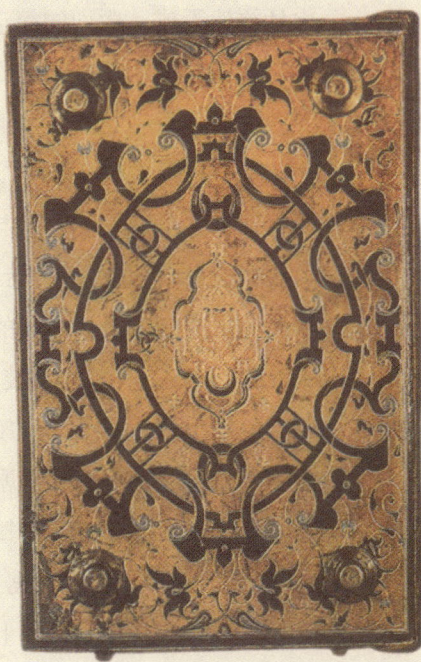

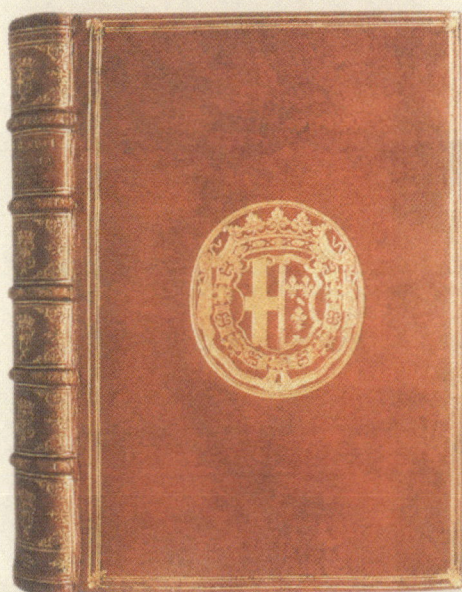

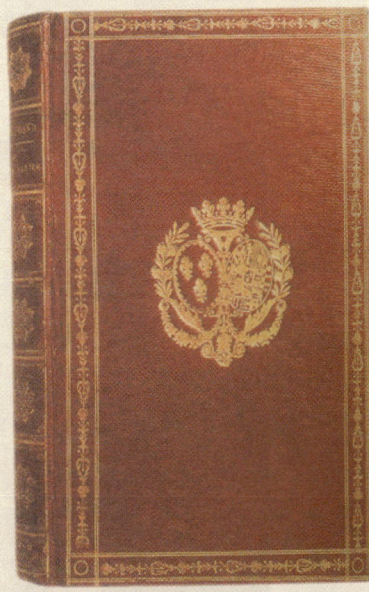

♣ 16 世纪出版的精装书

仅要做到反映,而且要追求延伸、提升内文的境界。"

朱赢椿设计的《不裁》《蚁呓》曾两度获得"世界最美的书"殊荣。《蚁呓》是一部需要读者在阅读过程中和作者一起来完成的书。它叙述的是一只蚂蚁的感悟,充满人生哲理。每页只在下部印有四五行文字,画面上的蚂蚁和道具占很小的版面,余下的全是空白,既给人留下无穷的想象空间,又像在发出邀请——请读者一起来参与创作。"无字之经方为真经""不着一字尽得风流",这是典型的中国思维和趣味。设计者显然是在传达这样的理念:阅读的乐趣不在于被动接受,而在主动参与。像这样的书,不再三把玩,哪能得其真趣呢?

说罢这些美丽的书,不得不说说那些流布甚广、恶俗不堪的书。常见的是那种封面做得花里胡哨,再敷上一层塑料膜的通俗读物。膜往往没有敷好,一遇热就泛起鱼鳞状的小泡泡,或者干脆卷了起来。法国颇具盛名的瑟伊出版社的资深编辑安妮·弗朗索瓦特别喜欢做一件事情,那就是把书的薄膜剥下来,"这真是过瘾又刺激的活儿,如同人们在烈日下晒得蜕了皮,动手将死皮一点一点撕掉。"我颇能体会她的这种感受,像这样的书,别说拿着把玩,就是阅读心情也会大受影响。还有一种就是装帧过度的书。像欧洲图书常常是一种单色,再印上书名、作者,几乎没有什么花哨的装帧;美国图书的封面往往是一张照片,至多是图案拼贴。而中国的出版界染上了"豪华病",有的竟将黄金直接贴在书本上,每部1.96万元的黄金版《孙子兵法》、1.8万元的纯金浇铸版诗词手迹、6.8万元的纯金十二生肖珍藏册……这些所谓的"黄金书",已然将图书装帧设计引向了歧路。

已经去世的前三联书店掌门人范用是一位擅长做书、赏书与"玩书"的出版家。在他的眼中,书是有生命的机体,书的内容以及封面、扉页、勒口、版式、插图、纸张,都是生命的组成部分,丝毫将

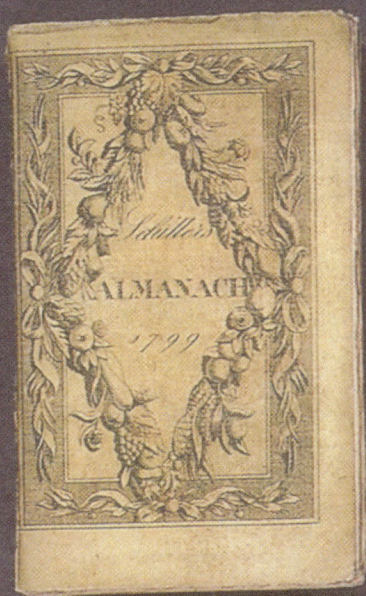

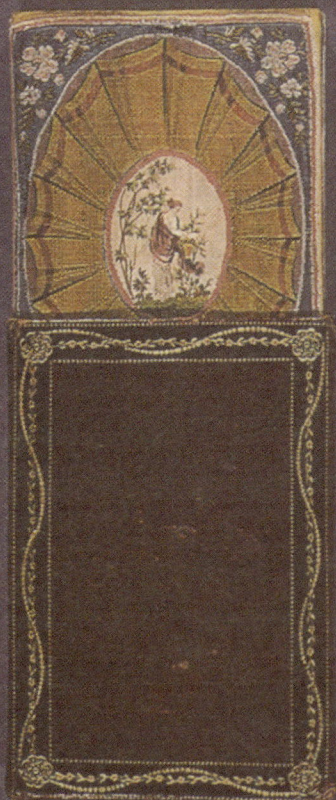

❧ 19 世纪初出版的丝绸封面精装书

就不得。只要看到一部装帧精美的好书，他除了自己反复把玩，还会随身携带，见人就拿出来介绍一番，与大家一起分享玩书的快乐。他继承了鲁迅"具有文化意蕴，朴素高雅"的设计理念，倡导简洁朴素、优美高雅的装帧风格，并且身体力行，亲自捉刀设计了几十种图书，赢得读者交口赞誉。他还将自己设计的书装汇集一册出版，名曰《叶雨书衣》。像范用这样的境界，相信每一个"好色"的读书人都会心向往之。海豚出版社的掌门人喻晓群也是一位"美书"的倡导者，该社近年出版的许多图书不仅选题新颖，而且在装帧设计上别具匠心，于朴素中现精致，在平实中见高雅，呈现出独特的美学追求，提升了中国图书设计的整体水平。

我一直从事编辑出版工作，偶尔按捺不住也会参与图书、杂志的装帧设计。针对读者定位的不同，设计风格往往有所区别。对于大众类杂志，我认为风格应该是"传统而不古板、绚丽而不低俗"。像我曾经主编的《今古传奇》传统版、《今古传奇》纪实版，封面往往以动作性强的图案为主体，色彩鲜丽，夺人眼球，同时还将文字作为设计元素加入，突出封面的信息量，一度引领通俗文学杂志设计的潮流。对于精英读物，我则遵循鲁迅先生的理念，追求简洁大气而内涵丰富的设计风格。譬如我主持设计的思想人文杂志《天下》的封面，采用手感粗糙的特种大地纸，象征着一种源自野地的质朴力量。刊名"天下"二字集孙中山先生的手书（彰显天下情怀、大同理想），并使用烫银工艺；刊名的外文弃用英文，而使用拉丁文（表明反对以英语为象征的西方中心主义），主体图案则是由本期的文章标题和作者姓名参差组合而成的阿拉伯数字（表明刊期），另外再以一团溅开的墨迹破除整体设计的规整感，版面具有灵动感。这个设计得到了读者的普遍好评。

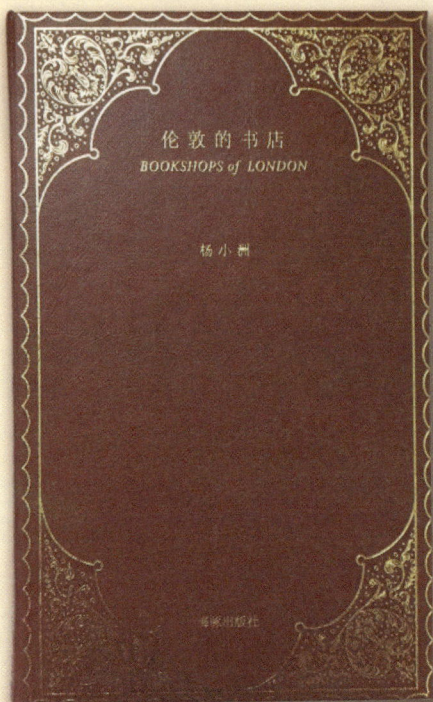
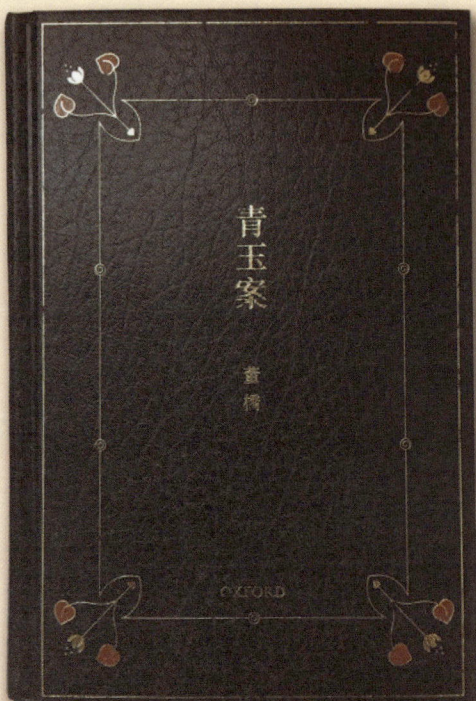
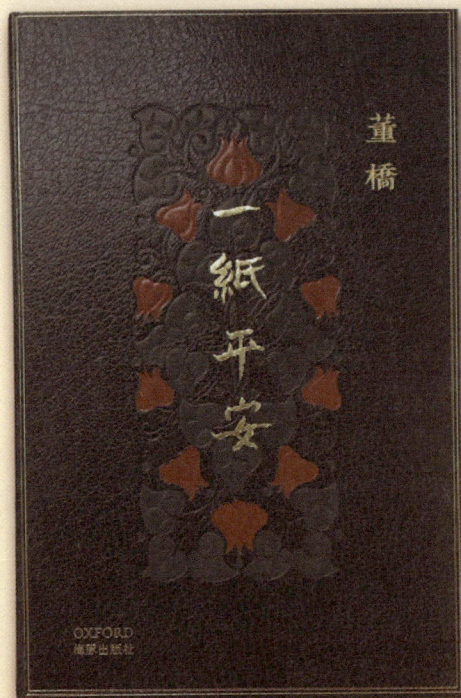
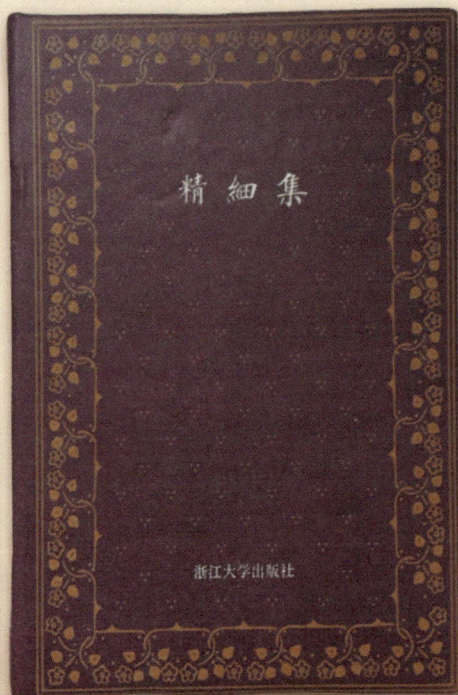

◆ 中国出版的仿皮精装书

一缕书香压百香
——书之味

上小学一年级的时候,因为学习用功,数学老师奖励了我一本课外书。那本新书散发出的甘甜的麦秸味道特别好闻。晚上睡觉的时候,我把它放在枕头边,还忍不住将鼻子凑上去嗅……三十多年过去了,只要一回忆起那本书,我的鼻尖上立刻就会神奇地浮现出那股美妙的气味,而书的名字和内容,竟没有一丁点儿印象了……

无独有偶,著名诗人巴勃鲁·聂鲁达在《书颂》中也描绘过类似的体验:"书/美妙的书/一片微小的森林/一页又一页/你的纸张/散发出/木料的清香/清晨/你是谷粒/是海洋。"从书页之间,他嗅出了树木的清香、谷粒的芬芳、大海的咸腥气味,让人为之神往。

看来,书是有着特殊气味的。

关于书的气味,中国专门有一个名词——"书香"。过去,古人为防止蠹鱼食书,常在书中放置一种芸香草。这种草也被称为芸草,散发出一股清香之气。夹有这种草的书籍打开之后会散发出清香,故有"书香"之说。芸香草为多年生草本植物,产于中国西部,嚼之辛辣麻凉,可以入药,也可以防虫。翻阅古籍可以发现,与"芸"字有关的词也多半与书籍有关。如"芸编"指书籍,"芸帐"为书卷,"芸阁"指藏书之阁,"芸署"为藏书之室,"芸香吏"则指校书郎。

书之有香,显然不仅仅是指纸张、油墨、粘胶以及装帧中掺入

🌸 有味道的书

的有形化学成分，更多的乃是沁入书中的文化内蕴。蒲松龄在《聊斋志异》中《司文郎》里讲过这样一个故事：盲僧只要闻一闻纸上文字的香臭之味，即可知文字的好坏高下。这应该是对书香最精妙的诠释。与之相似的还有一个外国故事。据美国作家汤姆·拉伯在《嗜书瘾君子》中记述，有一位当代嗜书瘾君子津津乐道其"闻功"过人。他只要将鼻子伸进书中嗅一嗅，凭气味便能识别那是哪家出版社的产品。他认为门特出版社的书籍是绝品——气味最美。

"书香"还有着心理层面的丰富含义。它往往承载着一段生活，一段与书有关的美好记忆。很多作家都描写过书的"气味"：美国作家爱默生在寒冷的夜晚读柏拉图时，总是将毛毯裹至下巴。从那个时候起，他只要一拿起关于柏拉图的书，鼻孔间就会浮现羊毛的味道。

19世纪的英国小说家吉辛对书的气味也是极其敏感："譬如我那部《吉朋》吧，我已经把那部八册米兰版的精装书，烂读过三十年——每逢我翻开书页时,那股醇厚的气味,便恢复了当初我得此书为奖品时的狂欢情绪。还有我的《莎士比亚》——它有一种味道,能把我送回更早的生活史中去……现在那些书的味道,还和以前一样;每当我拿一册在手时,它给我的是多么奇特的亲昵感受啊!"书的气味,与他的生活经历融合在了一起。

法国最具盛名的瑟伊出版社的编辑安妮·弗朗索瓦在《闲话读书》一书中专辟一章描述书的"气味":"童年时代起,看到书本半开半合着,我的第一个反应就是将鼻子凑过去。开学时发下了新课本,我将脸颊贴向冰冷的书页,顿时感到一阵清凉,那苦苦的杏仁香味也使我激动不已。我的《希腊和罗马神话故事与传说》有着如同桃子皮般毛茸茸的书页,还泛着一种略显辛辣的气味。"在她的体验中,"书本的香味却会不断得到提炼,逐渐发生变化。书会始终保留着它原有的气味,而各种新的香味的渗入又使这种味道更为馥郁。"

当阅读成为一种生命状态的时候,书中散发出的气味,其实就是五彩斑斓的生活的一部分。

安妮·弗朗索瓦还在书中详细地描绘过她对书的味道的追寻,其实也是对于已经远逝的生活细节的追寻:"一天,我正在科西嘉岛丛林中探险,忽然闻到了某种熟悉的气味,赶忙皱起鼻尖连连吸气,这到底是什么味道?薄荷叶?香桃木?刺柏?也许吧,但更像是我那本《一个寒冷的冬季》的气味。有时,我会冲进厨房,手忙脚乱地打开所有罐头,想找出究竟是哪种佐料散发着我的《词语联想词典》的味道。肉豆蔻?生姜?它们的气味更重。鼠尾草?也不是。我重新把鼻子埋进书里,随后,就像一只寻觅食物的可笑的小狗那样,我被这种气味引到了祖母的旅行箱前。这只箱子是我在蒙特耶的阁楼上发现的,里面装满了花边、桌布和羽毛装饰品。原来是檀香木的味道!干冷刺鼻的香味让我想起了书、某

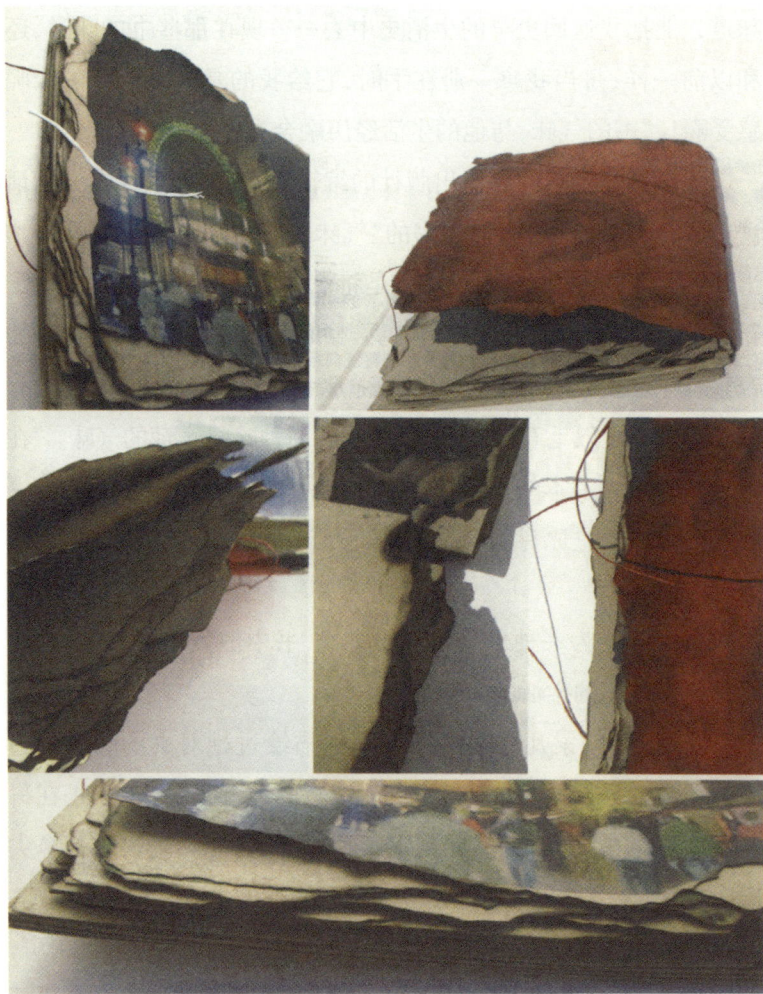

♣《火之书》制作过程

些书，我曾经围着它转来转去了整整两天，冥思苦想那该是些什么书。有些书架会散发出地下室的阴湿气味，让人联想起蘑菇、苔藓和蕨类植物。有的书本夹杂着秋天的味道，另一些则蕴含着夏天的气息。某些书还能带来地中海常绿植被或者林下灌木丛的味道，糜烂或者干爽，甜美却令人不安……"对于书的气味的捕捉，安妮所凭借的已经不仅仅是嗅觉了，更多的是心灵。对于书之味的感受，在她这里已经超越了气味本身，而变成了对于美、爱、已逝时光和温暖往事的重温，成为一种审美体验和生命享受。

正是因为嗅觉会唤起人们对往事的回忆，让人回味生命的过往，构成独特的生命体验，所以，现在不少书籍设计者在书的制造过程中充分运用这一点来拓展书籍设计的边界。

香港青年设计家陈曦成曾留学英伦，获得过 YIC 青年设计才俊大奖。他在《英伦书艺之旅》中介绍了自己创作的两本散发独特气味的书——《火之书》与《花之书》。

为了记录自己一段起伏不定的心情，陈曦成创作了《火之书》。他将书口用火燎过，造成书缘不规则的波浪形状。重重叠叠的咖啡色书页，加上深浅不一的黑色、啡色和黄色，使得书有了粗糙而且富有层次的残缺之美。烧过的纸张，散发出一种独特的香味。当时就有参观的读者说："我太喜欢焦灼的香味了。"他于是自信地写道："我想，过了十年之后，如果他们再嗅到这样的味道，也会勾起十年前对这本《火之书》的回忆。"《花之书》则是用花香来表达对于伦敦的美好记忆。他首先尝试用玫瑰花瓣造纸，但是效果不理想；后来他选择象征英国文化的玫瑰花茶，把它放入一本像雕塑般的花书书页之中，这样整本书就散发出沁人心脾的花香了。于他而言，打开这本书，伦敦就在一片花香中重现了，梦幻般的青春经历也氤氲其中。

英国设计家安哥拉·洛仑兹曾制作过一本非常著名的有味道

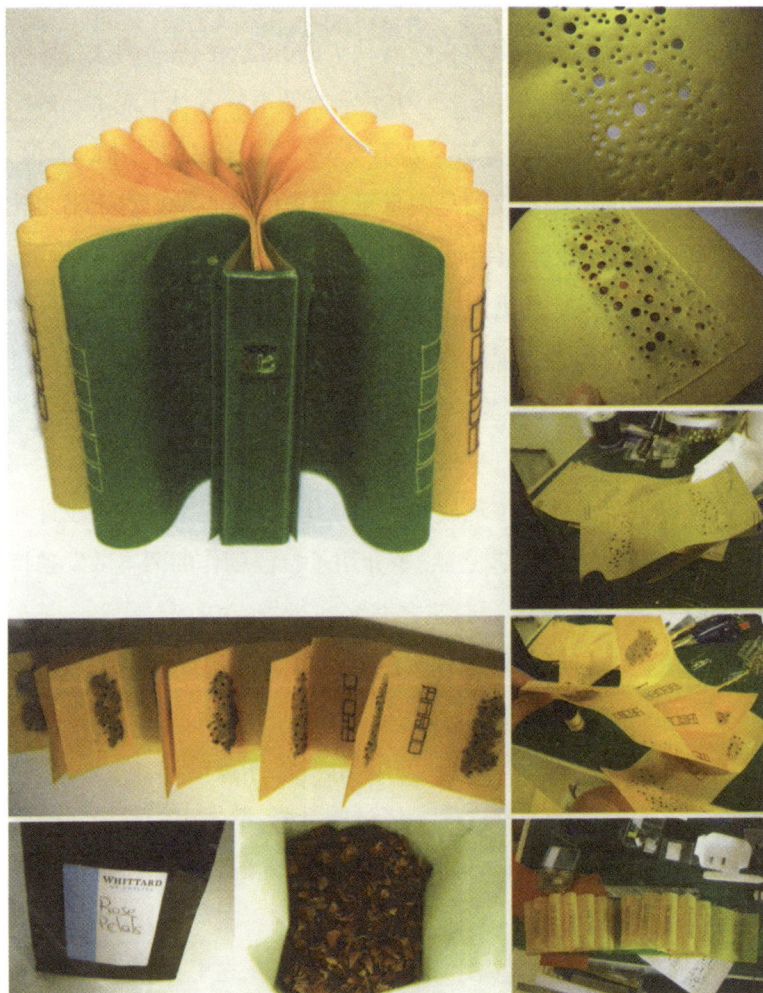

❧《花之书》制作过程

的书——《肥皂的故事》,讲述发生在 20 世纪 50 年代意大利小镇上一个洗衣姑娘童话般的洗衣故事。这本书外层是一个礼盒,封面写着《肥皂的故事》,配以维多利亚式的装饰花纹。盒内装着一本手工布装订封面的精美小册子。小册子有六页,每页有一个椭圆形的洞,洞是空的,可供读者自己放入纸页。当然,还放有六块正方形的肥皂和一本说明书,教读者怎么"玩"这本书。最奇妙的是,每块肥皂中夹着一块印着文字的布,当读者用完六块肥皂,把六块布按顺序放入小册子的洞中,就是一篇完整的《肥皂的故事》。这本书各部分的视觉元素都是参照当年的意大利时尚设计的,譬如礼盒的包装纸就是复制的 1956 年 10 月出版的一本女性杂志 *Hands of the Fairy* 中的一页。这本书的独特之处不仅仅在于它的形式,它的阅读方法也充满趣味。使用肥皂的过程——洗衣、洗手、洗澡,都成为看书的过程。不仅可以闻到"书"的味道,而且身上还会沾染上"书"香。肥皂的清香、洗衣的故事,加上水的润泽,使得阅读活动获得多层次的感官刺激。还有什么比这更美妙的呢?像这样的阅读体验,恐怕是绝无仅有的。

中国古代有"一缕书香压百香"的说法,当你翻开手中的这本书时,你嗅到了怎样的气味呢?

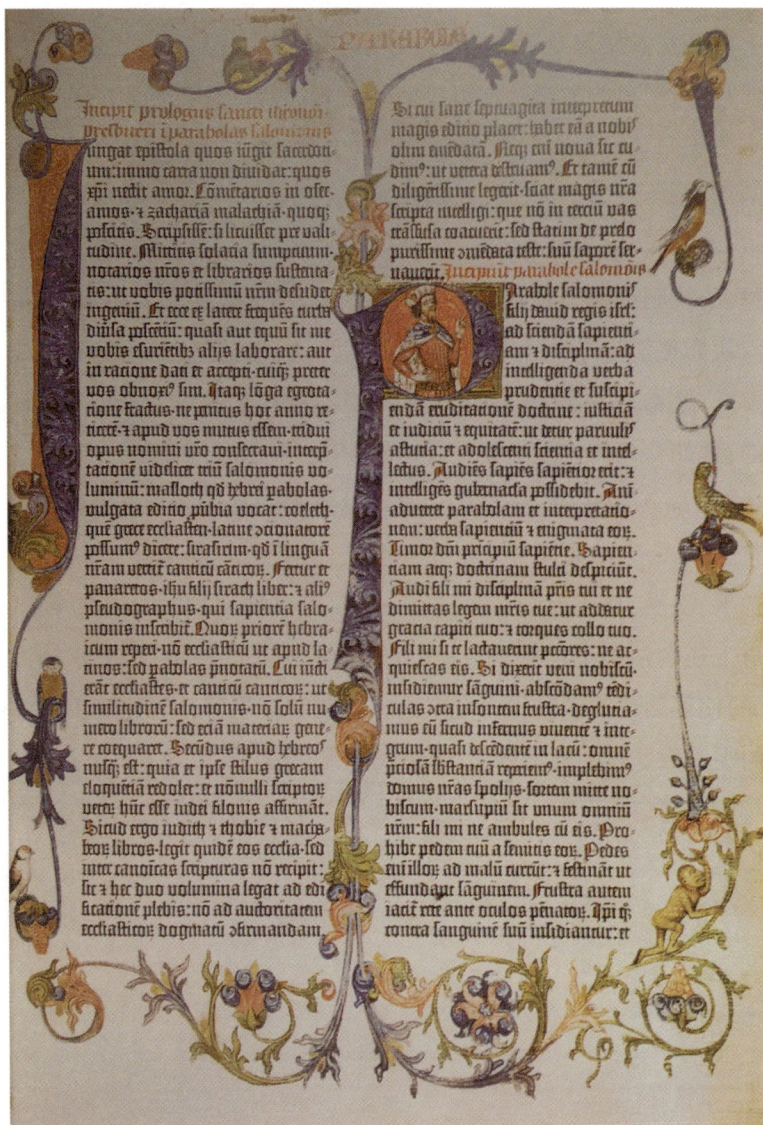

✦ 古老的古腾堡版《圣经》散发着独特的书香。图为初版本中的第一页。

纤纤腰带含风情

——书腰

中央编译出版社在 2008 年推出《沉思录》时,谁也没料到将会在出版界刮起一股旋风。据统计,书市上随后冒出了 23 种《沉思录》,每一种都卖得不差。而这一切或许都源自那张窄窄书腰上的两段文字——"温总理说:这本书天天放在我的床头,我可能读了有100 遍,天天都在读。""1992 年,我问克林顿,哪本书对他影响最大。他略为沉思了一下,回答说:马可·奥勒留的《沉思录》。"这个小小的书腰,为什么拥有如此大的魔力?

书腰,也叫腰封,教科书上是这样定义的——于书籍中间地带另置一条类似腰带的文字介绍,以配合行销或书籍推荐。通俗地说,书腰是图书整体宣传文案的一部分,与封面、封底、勒口文字的功能相似。书腰的核心目标只有一个:那就是告诉读者,为什么要买这本书。英美出版的图书一般没有书腰,因为他们的新书总是先出精装本,精装本往往要套一张书封,书封既是封面,也像放大的书腰。法国的图书有书腰,红底白字,上面要么印着大大的作者名字,要么印着获得布克奖、龚古尔奖之类的信息。日本的图书流行书腰,畅销书推手井狩春男在《这书要卖一万本》中就专列一章传授"如何制作吊人胃口的书腰"。到了 20 世纪 90 年代,书腰之风刮到中国台湾地区,稍晚则登陆中国内地,并迅速成为潮流。据说,中国内地最早的一本附书腰的书,是美国作家米奇·阿尔博姆的《相约星期二》的中译本。当时余秋雨的名声正如日中天,出版社请他作序,并在书腰上印着"余秋雨教授推荐并作序"十个大字。此书一度畅销,这十个字

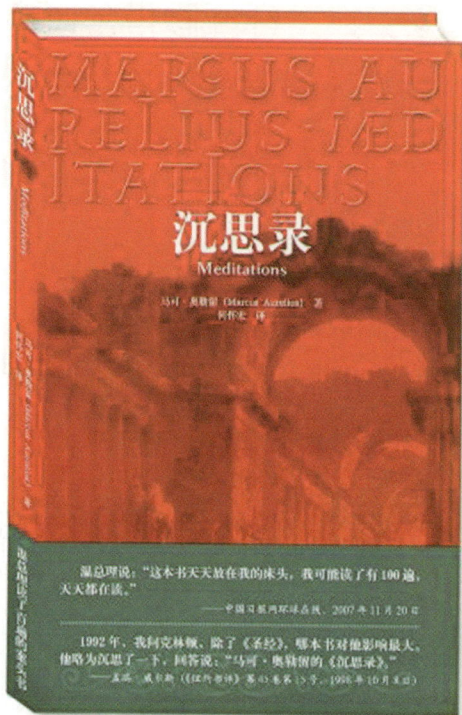

《沉思录》书腰

功不可没。

书腰不是随便写就的,它有一些必备要素。台湾木马文化出版过一本约翰·勒卡雷的《冷战谍魂》,红色书腰上有四行横排的字:第一行:"葛林说:这是我读过的最好间谍小说";第二行:"全球热卖 35000000 册",这一行字体最大,是视觉的焦点;第三行:"日本早川文库读者票选间谍小说第一,时代周刊十大畅销书排行榜上长达一年";最后一行:"唐诺导读。詹宏志、罗智成、韩良露推荐"。这个书腰信息密集,堪称"书腰范例",包含内容概括、全球畅销量、排行榜情况、名人推荐,除了没有得奖纪录,这四行字囊括了书腰的必备元素。可以想象,当读者的目光投射到这张红色的纸条上时,会获得怎样的冲击力!上海文艺出版社出版的刘醒龙长篇小说《蟠虺》的书腰设计有异曲同工之妙。腰封正面分为五个块面,最右侧是曾侯乙尊盘图案,左边的文字分别介绍作者获得的荣誉、本书的内容以及主题,背面部分则是著名评论家施战军的一段评语。此书腰方寸之间各要素齐全,堪称精心之作。

书腰一般只有书的三分之一或二分之一高,就那么一点点有限的空间。螺蛳壳里做道场,几个或几十个字,个个都散发出魔力,直击购书人的内心。

《白牙》的作者查蒂·史密斯在台湾并不出名,因此出版商在书腰上附了一张年轻作家靓丽的照片,并印上六个触目惊心的大字——"会咬人的小说",然后是小一点的"鲁西迪:惊人的大胆、自在,既好笑又严肃",作为补充阐释。这个书腰的特点是以夸张的方式制造先声夺人的效果。

张爱玲遗著《小团圆》的书腰上不仅写着"全球 3000 万张迷翘首企盼",而且还打出"最神秘的小说遗稿",旁边更不忘印上"首次发表"。北京十月文艺出版社推出《张爱玲全集》时,本来宣传点很多,却删繁就简,只在整体 10 本书的书腰上强调"唯一授权正版"。这两个书腰分别从不同角度凸显图书的"卖点",自然会勾起许多"张迷"的购买欲和收藏欲。

周大新的小说《预警》是一部当代谍战小说,书腰上的文字为"信息时代惊心动魄的情报争夺战,你我身边深度潜伏的间谍迷踪"。这是以惊险曲折的故事情节来吸引读者。适度地夸张、渲染紧张气氛,马上就让人联想起当时热播的电视剧《潜伏》、"央视间谍门"等社会热点事件。书中的故事可能就发生在我们身边,迎合了潜在读者群的阅读期待。

濮存昕的《我知道光在哪里》的书腰上有这样两句话:"做人,演戏都是一门修行;坚持,放弃都是一种境界。"为什么强调"放弃"这个概念?一是濮存昕自己特别喜欢星云大师的话——看破放下，自在清凉——借星云大师为自己助阵；二是针对热播电视剧《士兵突击》许三多引发的流行口号——不抛弃，不放弃——他偏偏反着说，这也会吸引一部分推崇求异思维的读者。

我在为华中科技大学出版社策划出版"天下思想文库"时，帮他们精心设计了书腰，以进行市场宣传。书腰第一行文字为"汇聚思想前沿，厘清社会脉象"，用黑体突出，阐明这套书的立意；第二、三行分别以一句话介绍张炜、祝东力、刘继明、刘洪波四位作者在学术界的地位；下部则列出王晓明等六位著名人文学者和作家的名字，说明此套书由他们联袂推荐；左侧一个不规则篆书印章标明"天下思想文库"，并以朱红破除封面整体过于庄重的色调，使腰封不至于显得呆板沉闷。

还有出版商在书腰上打出送赠品、免费参与活动的广告。如《3000美金，我周游了世界》的书腰上，就刊登着买书就有机会抽中环球免费机票一张的讯息。

台湾诚品书店的《诚品好读》杂志曾开展"最佳完成度"的评选活动，大块文化出版的歌手科恩的小说《美丽失败者》获奖，理由之一是它"文采动人的书腰文案"——"他写了一首诗，伪装成小说"。这条书腰被评为2003年骑士团年度最佳书腰文案奖。这一本小众之书，因其构思精巧、美丽如诗的书腰文字，吸引了大众读者。

书腰的本质是广告，但是若能把书腰做得既有艺术品位又有宣传效果，那就是两全其美了。

有心的设计者往往把书腰的设计融入封面设计的整体构思之中。米奇·阿尔博姆的作品《你在天堂里遇见的五个人》，封面图案是澄明的天空，一根羽毛随风飘过，书腰则是银灰色，整体设计相当和谐，透出一种圣洁的优雅。而且书腰是用硬纸做成，避免了容易破碎的弊病。

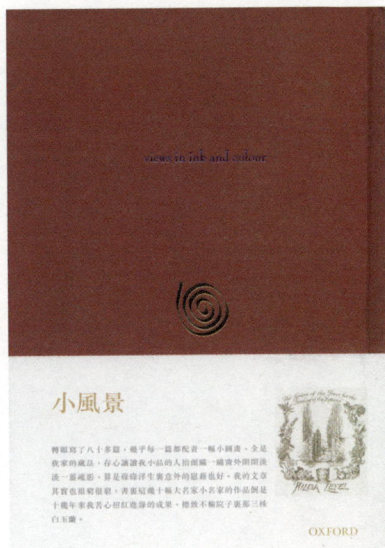

❧《大教堂》书腰　　　　　　　❧《小风景》书腰

　　雷蒙德·卡佛的《大教堂》封面非常朴素,只有字号不大的书名。它的书腰十分抢眼,颜色鲜艳亮丽,而且与一般横着套的书腰不同,它斜竖着套在封面上。斜切的这条线,刚好吻合了书的封面原有的斜线,在对比中有变化,既层次分明,又浑然一体,堪称设计佳作。

　　大多数书腰上只有文字,也有在书腰上配图案的。香港牛津大学出版社推出的董桥的《小风景》,白底腰封上左侧为文字,右侧是一张风景版画,选用的褐色透出浓浓的怀旧情调。这张腰封,就像一件小小的艺术品。

　　有人把书腰比作美女的腰带,认为两者有相似之处:一是都很流行,二是都起点缀作用。流行未必就有品位,假如那条腰带恶俗不堪,必会削弱主人的魅力;假如它喧宾夺主,那就破坏了整体的和谐,自然也就影响了主人的气质,更谈不上美了。

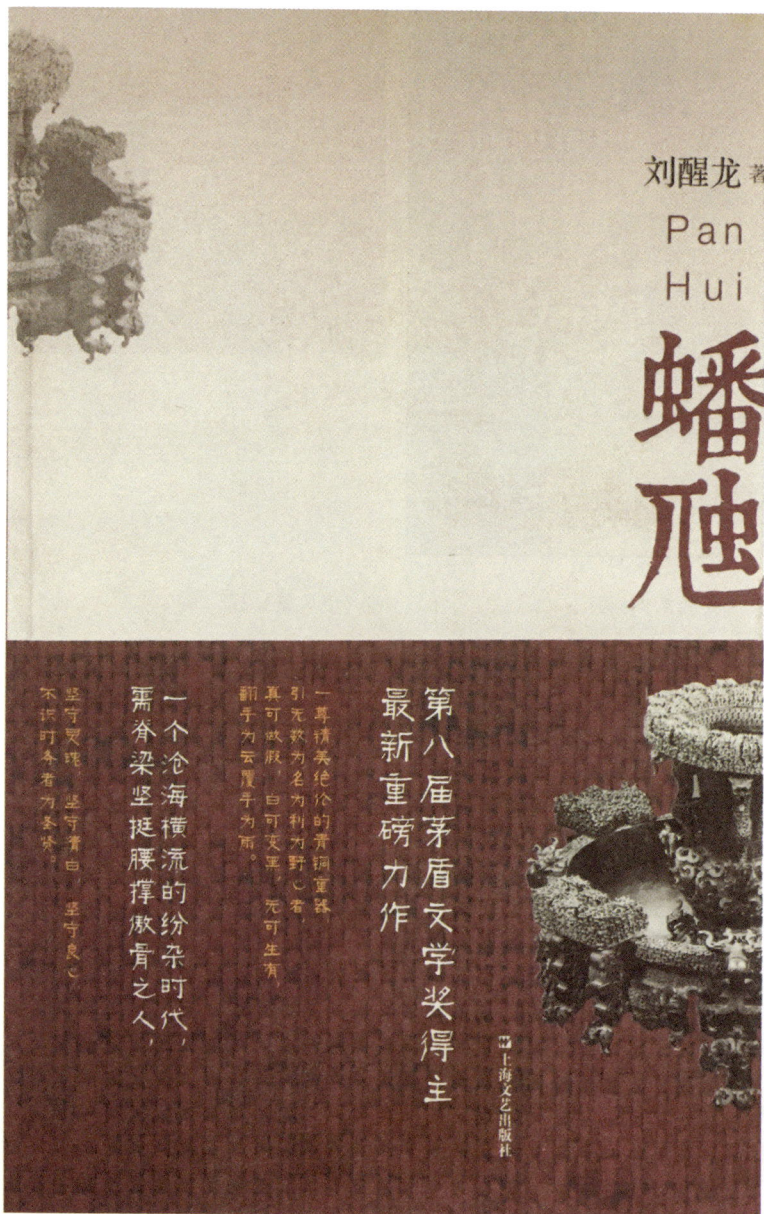

刘醒龙 著

Pan
Hui

蟠虺

第八届茅盾文学奖得主
最新重磅力作

一尊精美绝伦的青铜重器
引无数为名为利为野心者
真可改颜自可变更，无可生有
翻手为云覆手为雨。

一个沧海横流的纷杂时代，
需脊梁坚挺腰撑傲骨之人，

坚守冥顽，坚守清白，坚守良心，
不识时务者为俊杰。

上海文艺出版社

《蟠虺》书腰

書之書

Libro di Libri

蔡家园/著

无论烟花曾经如何绚烂，
终究会归于寂灭，
人与书的激情相遇，
最终亦难超越这种命数。
占有诚然是一种快乐，
但当占有不能成为永远时，
我们何不换一种释然的心态呢？
只要真正倾心过、欣赏过、激动过、收获过，
再轻轻地挥一挥手，
其实也不枉茫茫宇宙中
这概率极低的一场偶遇了……

金城出版社
GOLD WALL PRESS

❧ 作者的《书之书》第一版的书腰

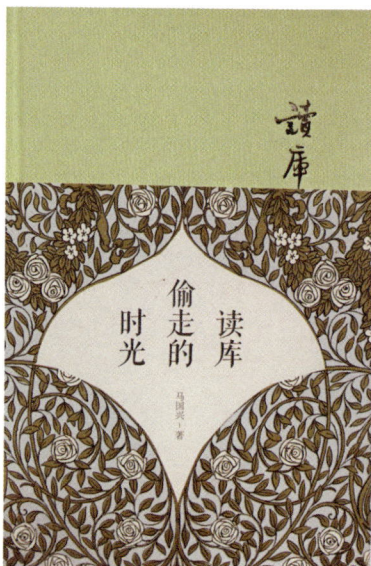

❧ 《读库偷走的时光》书腰
比一般书腰大，更像封面

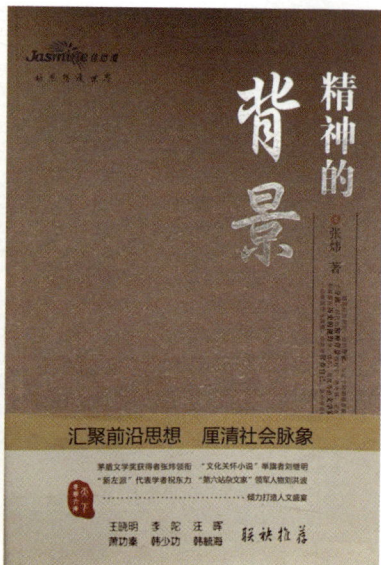

❧ 作者策划的丛书"天下思想
文库"之《精神的背景》书腰

出版商总希望读者在三秒钟之内受到刺激而心动购书，因此常常急功近利，在书腰上过度做文章。于是，有的书腰文字或夸大其词，或无中生有，或恶俗不堪，常常会误导读者，造成适得其反的效果。不少爱书人就深以书腰为病，认为破坏了书籍的整体美感，往往会取下弃之如敝履。其实，书腰作为附着在书籍上的广告，于图书本身的收藏可有可无，但是，它负载着丰富的信息，自有其文化价值。我每每购回一册新书，倘有书腰，则取下折叠起来，夹入书中作为书签，这大概也算开发了书腰的增值功能吧！

牙签片片映青灯
——书签

　　许多读书人对书签情有独钟，但恐怕鲜有人知道书签的来历。

　　据考证，关于书签的记录，最早见于唐代。大诗人杜甫的《题柏大兄弟山居屋壁二首》曰："笔架沾窗雨，书签映隙曛。"韩愈也在《送诸葛觉往随州读书》写过："邺侯家多书，插架三万轴。一一悬牙签，新若手未触。"牙签即书签，指的是贴在卷轴书书皮上的写着书名的纸条或绢条。后来，卷轴书改成折叠装，书签也跟着变薄了，用骨片或纸板制成，有的还在薄片上贴一层有花纹的绫绢。就这样，原本插在卷轴内的书签变成夹在书中间了，其功能也由标示书名变成标记阅读进度了。大约到了宋代，书签的式样基本定型，已接近今天的模样。

　　据说鲁迅先生曾亲手制作过一枚小巧精美的书签，上面写有"读书三到心到眼到口到"十个工整的小楷字。他把书签夹到书里面，每读一遍就掩盖住书签上的一个字。读几遍后，他就默诵一会儿，以加强记忆。这样，等把书签上的十个小楷字盖完，他就把全书背下来了。这个小故事充分说明了书签的功用。

　　现代书签形态多样，五彩斑斓。按材质可分为纸质、木质、布质、皮质、金属、景泰蓝和动植物标本；按形状分为长方形、圆形、心形、菱形、扇形、瓶形、足形、乐器形等等。书签的内容更是包罗万象，既有书法、绘画、摄影、文学、建筑、脸谱等等，又有语录、卡通、广告等等。就书法而言，真、草、隶、篆诸体无所不备；至于绘画,则工笔、写意、山水、花鸟、人物和工艺美术作品一应俱全。

对于中国当代的读书人来说,从小小的书签中可以窥见时代的变迁。20世纪90年代以前,书签一度盛行,曾被视为富有深意的礼物在学生、朋友、同事之间流行。爱书的男女青年谈情说爱,常常相互赠送别致的书签来表达情意,至于心灵手巧者亲手制作的书签,更是别寄一片芳心。那些小小的美丽纸片、叶脉、花瓣或者布片,与淡淡书香一起,承载着太多温馨的记忆。

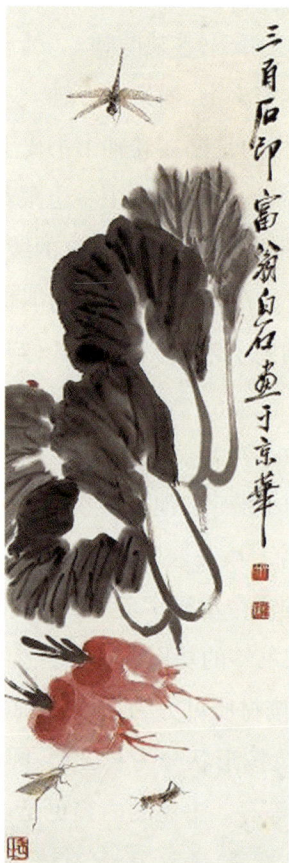

❧ 齐白石绘白菜书签(中国)　　❧ 汉声风筝书签(中国台湾)

1 印度尼西亚国家图书馆使用的书签（印度尼西亚）

2 金属皇冠书签（德国）

3 铜质立体手掌书签（捷克）

4 镶嵌宝石的书签（欧洲）

5 清华大学铜制书签（中国）

1	2
4	3
	5

20世纪50年代,翻译的苏联各类图书风行一时。出版社推出了不少用于宣传的书签,如正面印着巴甫洛夫和保尔·柯察金的名言,背面则印上《卓娅和舒拉的故事》《钢铁是怎样炼成》等的介绍。学习英雄人物热潮出现后,黄继光堵枪口、罗盛教舍己救人的英雄画面开始在书签上流行。当时的中华书局、上海文艺出版社、新知识出版社、中国青年报社纷纷印制各种不同题材的书签。就连一些大专院校、银行、邮局也加入到印制书签的热潮之中,一时蔚为盛景。

到了六十年代,随着印刷工艺的进步,书签的内容也发生了一些变化。由于鲁迅得到空前的重视,此时开始大量印制鲁迅的名言书签。此外,一些关于祖国风光、神话传说、花鸟虫鱼等题材的书签十分流行,受到读者欢迎。

"文革"开始后,书签内容变得极端政治化。毛主席语录书签、诗词书签、主席像书签大量发行。通行的样式是,正面印有毛主席各个不同时期的照片,下面或背面印有语录和题词。就连毛主席刚刚发表的讲话,也会迅速印制成最新指示书签。另外,样板戏书签也广为流行。

改革开放以后,书签的内容更加多元化,也更加注重艺术性,渐渐成为爱书人的雅玩之物。像印有齐白石、潘天寿、王雪涛、韩美林等名家画作的书签,印有古代十大文人和世界十大文学家肖像的书签,还有印着唐诗、宋词、元曲,甚至印有幽默、谜语、成语和歇后语的书签,均风行一时。有一套宋代张择端的《清明上河图》书签,因其设计独具匠心,相信给许多读书人留下过惊艳的印象。将24枚书签按顺序拼合,长达1.2米,正好是一幅完整的微缩版《清明上河图》,每枚书签下方配有古诗,更增艺术趣味。还有一种版本的《清明上河图》书签为13枚,印刷精美,拼接起来也是一幅完整的仿真画。上海鲁迅纪念馆曾印行过一套8枚木刻版画书

William Shakespeare
Stratford-upon-Avon

Charles Dickens
1812-1870

Ekhnatoun

HIEROGLYPHIC ALPHABET

1 真皮莎士比亚图案书签（英国）

2 缎面狄更斯图案书签（英国）

3 纸莎草书签（埃及）

签。每枚木刻画均选自鲁迅作品中的插图,如力群创作的《鲁迅像》、李桦创作的《细雨》、陈烟桥创作的《拉》、陈铁耕创作的《母与子》等。这些版画构图精巧,笔画刚健有力。每枚书签上还印有鲁迅的名言手迹,耐人寻味。台湾汉声印行过一套12张的风筝谱书签,正面为各类风筝图案,背面是关于风筝的介绍,散发着浓郁的传统文化韵味,与"美书"相配,可谓相得益彰。

书签除了用来标记阅读进度,现在还增加了新的功能。有时在书店买书,会收到免费赠送的书签,上面多半印着关于书或书店的广告。我在《今古传奇》当主编时,设计过一套12枚的书签,作为礼品赠送给刊物的订户。书签图案取自刊物历年刊发的优秀插图,包括名家戴敦邦、李乃蔚、汪光华、卢延光的作品,古朴雅致,受到读者欢迎。在世界各地旅行的时候,无论是参观博物馆、图书馆,还是逛书店,我都会购买一些别致的书签作为纪念。值得一提的是在捷克首都布拉格黄金巷中卡夫卡旧居旁边一家书店购买的一枚手掌状的书签。它是立体的,用纯铜制成,也叫书夹,拿在手上沉甸甸的。

书签由于印量大,流通广,具有一定收藏价值,但是一般来说增值空间不大。但是也有例外的,如齐白石手绘制作的"白菜书签",单张价格已达千元。

过去的书签一般都是平面的,现在还出现了一种立体金属书签。采用优质的纯铜、锌合金原材料,用镀镍烤漆、镀沙镍、仿古铜、移印、镀金烤漆、双色电镀、镀镍珐琅、镀镍镶嵌等工艺精制而成。一些知名的珠宝公司设计制作出一些风格独特的书签,有的还在书签上镶嵌珠宝、照片。这样的书签,更像工艺品了。

网络时代,书签也出现了新的变种。如新浪网推出"我的书签",为用户准备了体系庞大、分类详尽、数目众多的公共书签,可以随时调用。那些虚拟的画片,还是"书签"吗?

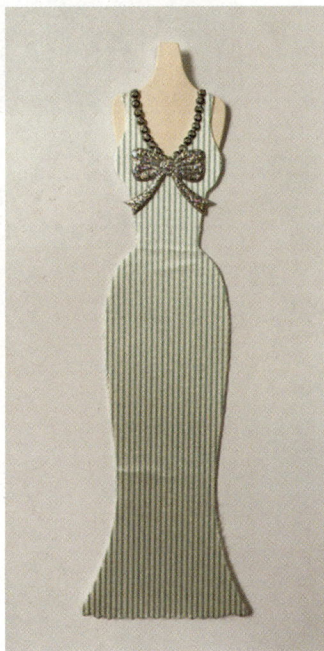

1 胶质神话故事书签（希腊）
2 镶嵌照片的金属书签（欧洲）
3 金属雕塑书签（英国）
4 布质长裙书签（法国）

1	2
3	4

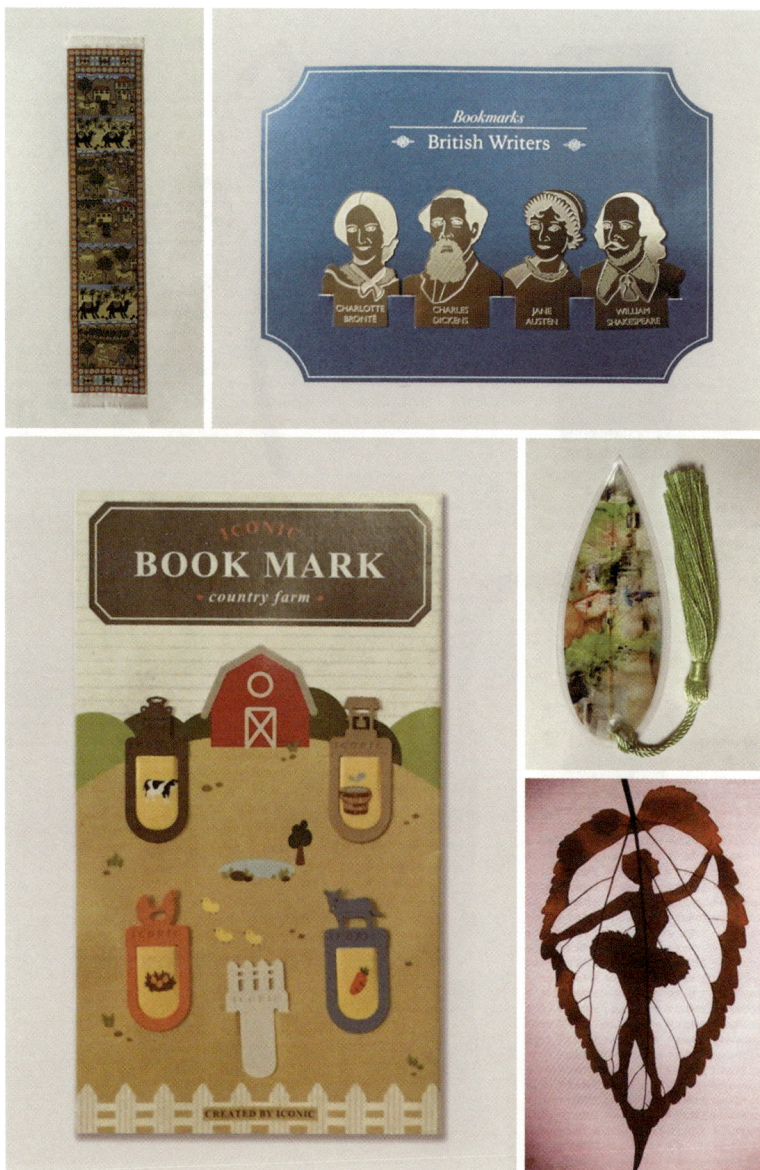

1 刺绣书签(奥地利)

2 金属作家图像书签(英国)

3 金属图案书签(英国)

4、5 叶脉书签(中国)

1	2
3	4
	5

朱迹点点将心印
——藏书印

西汉著名文学家刘向，偶然得到一部先秦典籍《灯前随录》，视若珍宝。他的好友稽相如听说后借去阅读，不料一见倾心，竟刻了一方藏书印钤上——"嗜书好货，同为一贪，贾藏货贝，儒为此耳"，并落下自己的姓名。刘向数次索书，稽相如都赖着不还。最后官司打到汉成帝那里，成帝拿来一看，心生爱意，就判将此书充了公。这是中国典籍中最早关于藏书印的记载。北京国家图书馆收藏的敦煌写本《阿毗昙心经》上有一枚"永兴郡印"，距今1500多年，这是目前所能见到的最早的藏书印。

藏书印的种类很多，形制不一。按照印文的内容来分，有姓名印、别名字号印、斋室名印、生年行第印、仕途功名印、收藏鉴定印、校读印以及闲章等。从形状看，有长方形、方形及不规则形。还有一种肖像藏书印，比较少见，民国风流才子袁克文刻过一枚。藏书印主要有红、黑两色，还有青绿色，较为罕见。线装书的钤印，一般钤在首页正文的下方；现行的书籍，钤印一般在内封或扉页上。

流行在藏书上钤盖印章，大约始于唐代。唐太宗李世民是第一个在宫廷藏书上钤盖藏书印的皇帝。他的藏书印"贞观"二字，是一枚连珠印。李隆基效法先祖，也将"开元"连珠印钤盖在宫藏的书上。由于皇帝的倡导，时人争相效仿，逐渐流传开来。

与藏书印关系最亲密的当属藏书家，藏书印即是他们拥有一本书的标志。当藏书与他们的生命融为一体的时候，藏书印往往就成为生命意志的外在投射。曾有藏书家如此形容藏书印："佳书

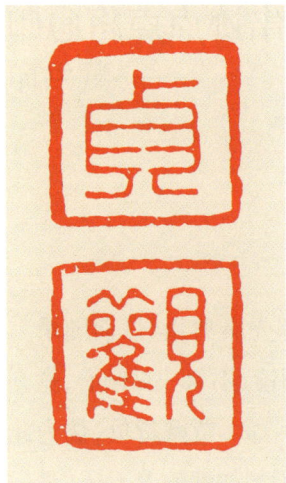

❧ 李世民的"贞观"藏书　　　❧ 唐寅的藏书印

而有名家收藏印记,正如绝代名姝,口脂面药,顾盼增妍。其劣印则似美人黔面,无可浣拭。"个中意蕴,耐人寻味。

　　明代著名藏书家毛晋有一枚藏书印,"性命可轻,至宝是重"。于他而言,书籍比生命更宝贵,书就是他的理想和价值所在。明代藏书家、学者王世贞把藏书分为三个等级,最好的宋刻善本钤印"伯雅",以下分为"仲雅""季雅",真是视书为兄弟。他曾拿一座庄园换回一部宋刻本《两汉书》,这部书上自然钤了"伯雅"印。清代藏书家吴骞的藏书印上刻着:"寒无衣,饥无食,至于书不可一日失。此昔人治学之名言,是拜经楼藏书之雅则。"清朝末年的藏书家朱昌燕有一枚藏书印:"书如水,我如鱼,鱼不可一日无水,我不可一日无书。"清末民初的藏书家张宗祥,一生藏书、读书,他的藏书印记录着人生轨迹,如"手抄千卷楼""手抄六千卷楼""手抄八千卷楼""五十岁以后作"以及七十岁、八十岁、八十三岁、八十五岁等印。

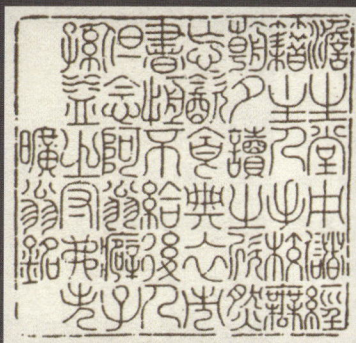
明代藏书家祁承爍的藏书印

明代毛晋的"汲古主人"藏书印

明代高濂的"五岳贞形"道符藏书印

藏书家往往希望自己的藏书、读书事业能为子孙继承，因而多有寄意勉励后辈的印文。毛晋刻有一方55字的藏书印，印文取自元代大画家赵孟頫在藏书卷后写的一段话："赵文敏书卷末云，吾家业儒，辛勤置书，以遗子孙，其志何如？后人不读，将至于鬻，颓其家声，不如禽犊。若归他室，当念斯言，取非其有，无宁舍旃。"他希望子孙能读其藏书，不要散失，对不肖子不惜以禽兽斥之。明代藏书家钱谷则有印"百计寻书志已迂，爱护不异隋侯珠，有假不返遭神诛，子孙不宝真其愚"，告诫子孙要珍爱藏书。明代藏书家、澹生堂主人祁承爜的藏书印文也是一首诗，"澹生堂中储经籍，主人手校无朝夕，读书欣然忘饮食，典衣市书恒不给。后人但念阿翁癖，子孙益之守弗失"，叮嘱子孙爱惜书籍，守护勿失。清代学者王昶的一枚大藏书章的印文竟长达六十个字："二万卷，书可贵；一千通，金石备；购且藏，剧劳勚；愿后人，勤讲肆；敷文章，明义理；习典故，兼游艺；时整齐，勿废之；如不材，敢卖弃；是非人，犬豕类，屏出族，加鞭箠"，文字间包含殷殷劝导之情，甚至还拟定了对不肖子孙的惩处规则。

中国古代向有诗言志的传统，藏书印虽不过方寸大小，却也常常被读书人用来咏物抒情、托物言志。到了宋代，藏书闲章渐渐多了起来。一枚含义隽永、情趣盎然的藏书印钤盖在书籍上，往往把读书人的襟怀、志趣以及生活表现得淋漓尽致。

孔子的第五十四代孙、宋代诗人孔文升曾化用曹操的那句"宁让天下人负我，我不负天下人"的名句，制作了一方"宁人负我，我毋负人，宁存书种，无苟富贵"的印章。读书到了如此境界，实在让人感佩。明代画家倪云路治有"山水中人""一琴一鹤""月竹邻""蕉窗夜雨"等闲章，钤于书上，悠悠画意，浓浓诗情，氤氲纸页之间。清代诗人郑板桥的印章"七品官耳""动而得谤，名亦随之"，寓风骨于字里行间，看似寻常，实则深意大焉。清代书法家邓

1 李一氓的《存在集》，封面图案皆为他的藏书印
2 宋代贾似道"悦生"葫芦形藏书印
3 清代佞宋主人黄丕烈的"书魔"藏书印

1
2
3

石如的"胸有方心，身无媚骨"藏书印，言辞铿锵，掷地有声，表现出卓尔不群的风骨。

现代不少文化名人也爱用藏书印。罗振玉是大学者，喜欢篆刻藏书印。他不仅为杨守敬刻过"邻苏室"，还为王国维镌过"王国维印""静安"。他为自己刻的"大云精舍""殷礼在斯堂""雪堂珍秘""藏之名山传之其人"，都堪称藏书印中的精品。鲁迅收藏了不少古籍，都钤有印章，如"会稽周氏""会稽周氏收藏""俟堂"等，这些都是画家陈师曾所刻；他还有一枚长形隶书印章"会稽周氏藏本"，则是篆刻名家张樾丞的作品。瞿秋白、杨之华夫妇常合用"秋之白华"印钤于书面，印文巧妙地嵌入了两人的名字，爱侣深情可见一斑。俞平伯的藏书上多盖有"蘅芜馆夫妇藏书画记"，同样表达了伉俪情深。张大千自刻藏书印多枚，如"大千掌握""藏之大千""不负古人告后人""南北东西只有相随无别离"等，爱书之情溢于言表。原《人民日报》社长邓拓有一枚印"书生之气不可无"，个中意味让人感慨万千。学者李一氓拥有众多藏书印，他的《存在集》和《一氓题跋》的封面图案就是用多方藏书印组合而成的，如"一氓读书""存在第一""成都李一氓"等。

藏书印具有重要的史料价值，历来受到版本学家、目录学家和藏书家的重视。它不仅可以用来考察一部书的流传过程，还可以同版式、行款、字体、纸张一起用来综合判断一部书的版本，有的还能补充书史资料的不足。因此，不少古籍版本目录学专著都将藏书印作为一项重要的内容来著录。

藏书印还有不可估量的艺术价值。丰子恺曾对金石艺术做过精辟概括："在不满方寸的小空间，布置、经营，用自己的匠心，造成一个最理想、完美无缺的小世界。"著名藏家的藏书印大多出自篆刻大家之手，有着较高的艺术价值。如毛晋的汲古阁用印，多为汪关所治；潘祖荫滂喜斋藏印，则出自赵之谦之手。毛泽东在中南海菊香书屋藏书数万册,大都钤有"毛氏藏书"印章。这枚印是中办在 1963 年委托陈叔通请上海篆刻家吴朴堂所刻。因"毛氏"二字笔画较少,而"藏书"二字笔画较繁,一疏一密,颇难布局,吴朴堂构思良久,最后选定了铁线篆。此印深得毛泽东喜爱,他一直使用到去世。此外,毛泽东还有三枚藏书印:1949 年底,中央办公厅的工作人员来到北京琉璃厂,请素有"铁笔"之誉的金石名家刘博琴刻了一枚"毛氏藏书"印,字体仿的是明代古印。这枚印略呈长方形,曾在毛泽东的《马克思主义经济学基础理论》等书籍上钤盖过。1953 年冬,刘博琴又刻了一枚"毛氏藏书"印送给毛泽东。刘

1 袁克文的肖像藏书印

2、3、4 毛泽东的三枚藏书印(分别为吴朴堂、刘博琴、钱君匋刻)

博琴对这方印非常满意,曾亲手将它钤盖在有"博琴铁书"字样的印笺上。此印呈白文田字格模式,有金文大篆意趣,自然、古朴而又生意盎然。还有一枚则是 1961 年,毛泽东通过田家英请钱君匋刻的朱文"毛氏藏书"印。

这些篆刻名家所治之印,或凝重古朴,或温雅秀逸,或潇洒俊朗,蕴含着深厚文化内涵,斑斑朱迹点缀于米黄或雪白的书页之上,直让书卷熠熠生辉。

唐朝诗人皮日休有两句诗:"不知夫子将心印,印破人间万卷书。"小小一方印,竟将万卷印破,那需要怎样的一颗读书心啊!

纸上宝石见风雅
——藏书票

如何表明自己是一本书的主人呢？最常见的方式就是在书上留下醒目标志，宣示专属所有。中国古代的读书人爱用藏书印，与柔韧的宣纸恰好相宜；欧洲人喜欢用藏书票，与硬质的书页相得益彰。如今随着造纸工艺的发展，印书通常都是用纯质纸或轻型纸，藏书票和藏书印使用起来各有情趣。所以，藏书票在中国也越来越流行了。

所谓藏书票，其实就是一张包含图案和文字的小纸片。它一般10厘米左右见方，主体是一幅版画，票面上通常有国际通用的EXLIBRIS（意为"予以藏之"）和票主的姓名，有的还印有与读书相关的格言警句，譬如："书是我的珍宝，拿它者是贼，还它者是上帝的骄子""书是一回事，我的老拳是另一回事。碰碰一个，你定会尝到另一个的滋味""别偷走这本书，不然绞刑架便是你的末路，基督会来对你说：你偷去的那本书，它在哪里""我的心将与我的书永不分离"等等。藏书票的图案取材广泛，不拘一格，举凡人物、花草、风景、静物、神话故事、裸体美女等皆可入画。画面风格往往简洁优美、含义隽永，常常是"方寸之间，气象万千"。藏书票一般贴在一本书扉页的正中或者上部，掀开封面即可看见，因此被人们誉为"纸上宝石""纸上蝴蝶"。1875年，法国人波列特·马拉西的《法国藏书票》问世，开启了藏书票研究的先河。1880年，英国人华伦写成《藏书票指要》，率先按照美术风格对藏书票进行分类，将其提升到了艺术层面。这两部书的出版，推动了欧洲的藏书票研

✦ 德国刺猬藏书票

究,也促进了藏书票书籍的出版。藏书票书籍种类繁多,有专著、图录、画册、年鉴、作品集等等。欧美甚至有专门出版藏书票书籍的专业出版社。1953 年,国际藏书票联合会成立,每两年召开一次大会,吸引了全球藏书票爱好者。现在,欧美各国出现了很多藏书票收藏家和专门收藏藏书票的博物馆。

世界上最早的一张藏书票诞生于 15 世纪 50 年代的德国。画面的主体是一只木刻刺猬,它口中衔着一枝野花,脚下踩着几片枯叶;画面顶端的缎带上写着一行文字,大意是"慎防刺猬随时一吻"。 票主大约是在提醒人们,不要觊觎他的藏书。当时,科技不发达,书籍印量甚少,藏书票自然也不普及。德国著名的版画家丢勒较早将版画引入藏书票设计,并为友人制作过不少纹章藏书票,被誉为"藏书票大师"。英国的著名版画家比亚兹莱也曾热情投身藏书票创作,留下了不少精品。早期欧洲的藏书票图案多为纹章,后来,随着人文主义思潮的兴起,版画家们拓宽了视野,藏书票创作的题材愈来愈宽泛。

就像爱情是艺术的永恒主题一样,情色藏书票也是藏书票艺术中重要的组成部分。特别是 19 世纪末以来,西方的情色藏书票创作蔚然成风,成就斐然。根据 1972 年伦敦出版的《雕刻藏书票——欧洲 1950 至 1970》的作者之一马克·塞维林的统计,1970年裸女和情色藏书票创作占西方藏书票的 30%,以后又增加到35%。2000 年,在美国波士顿举行的第 28 届世界藏书票展上,"性爱"被列为参展主题之一。

香港作家董桥收藏了不少情色藏书票,并最早向国内推介。台湾学者吴兴文对情色藏书票亦有研究,他在《丽达与天鹅》一文中介绍:"大家不妨参考 1970 年德国医生克罗森豪夫妇编的《情色藏书票》,此书将这类藏书票创作整理出来,是这个领域的一部入门之作。书中将藏书票分成八大类:性器官、裸体(特别是女性)、性爱、口交、自慰、同性恋、兽交与特别项目。其中前七类读者大概可以望文生义,第七类似乎很不雅,第八类则不知道葫芦里卖什么膏药,其实最后两项都富有浪漫的色彩,和初民的神话与传说有关。"像丽达与天鹅、海伦、欧罗巴、美杜莎、美人鱼等神话故事,就是第七类和第八类的主要取材。这些素材色而不淫,具有深厚的文化内涵,已经成为情色藏书票的创作热门母题,受到画家和藏家们的青睐。

马克·塞维林是英国插画大师,曾担任国际藏书票协会主席,一共创作了近 500 种藏书票,其中最出色的就是铜版画情色藏书票。他的情色藏书票构思奇特大胆、线条细腻柔和,是性的刻画,更是美的表现。董桥在《说秘戏图》中说,塞维林在八大类情色题材上均有与众不同的出色表现,"尤其是前几类作品千姿百态,艳而不俗,色而不淫,极富创意,惹人喜爱"。塞维林自诩是女性崇拜

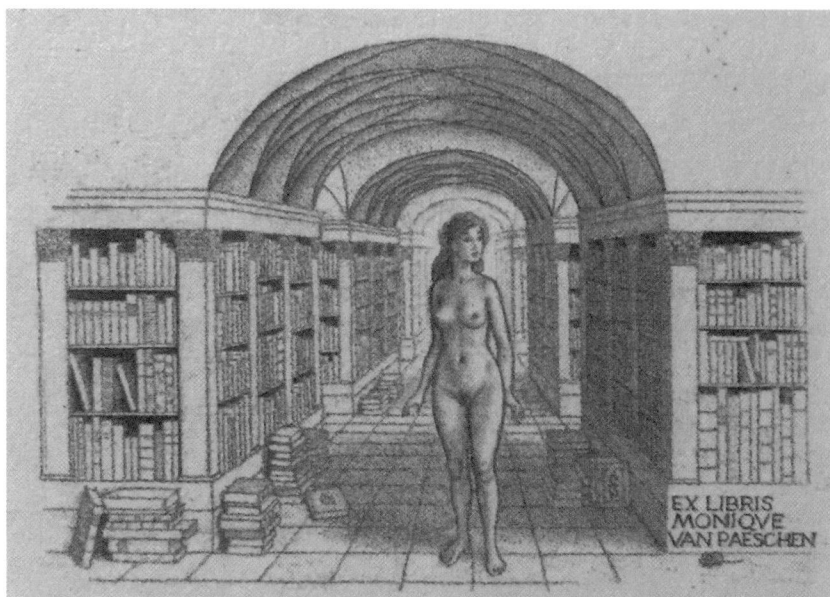

❧ 英国画家马克·塞维林创作的藏书票

✦ 英国画家比亚兹莱创作的藏书票　　✦ 奥地利画家芬格斯坦创作的藏书票

者,对于女性的身体特征把握精确,善于表现身体的美感。他在
1985年创作了一幅编号为465的藏书票,描绘了埃及艳后邀请罗
马最高统帅安东尼登上自己富丽堂皇的海上行宫,使其拜倒石榴
裙下的故事。艳后婀娜的身体,飘逸的轻纱,充满了诱惑,让人浮
想联翩。塞维林还为诺贝尔文学奖得主艾略特设计制作过一款以
裸女为题材的私人藏书票,被誉为不可多得的佳作。塞维林逝世
之后,他的情色藏书票行情飞涨,目前已成为欧美及日本的藏书
票收藏家争相觅购的珍品。

　　与马克·塞维林齐名的情色藏书票大师是弗朗兹·冯·拜劳
斯,他是一位奥地利籍的画家,以"梳妆台旁的故事"情色组画而
闻名。拜劳斯推崇"颓废主义",往往将情色主体与变化莫测的幻
影糅合在画面之中。拜劳斯一生创作了大约2000幅图画,其中情

♣ 奥地利画家拜劳斯创作的藏书票

EX LIBRIS

♣ 西班牙画家毕加索创作的藏书票

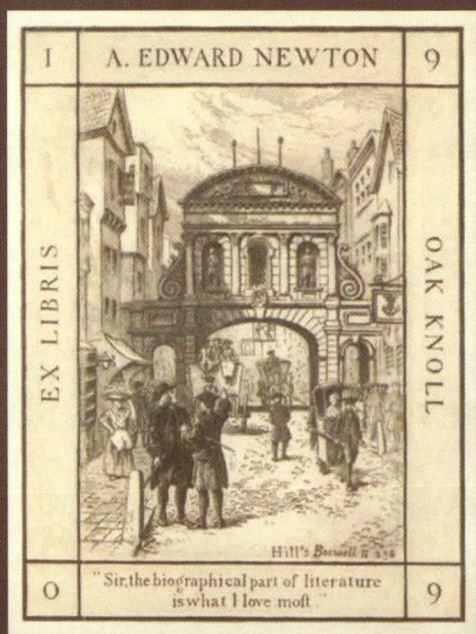

I 9

A. EDWARD NEWTON

EX LIBRIS

OAK KNOLL

0 9

"Sir, the biographical part of literature is what I love most."

♣ 纽顿的藏书票

EX LIBRIS

♣ 美国作家厄普代克亲笔签名的藏书票

色藏书票甚多，在情色藏书票史上占有极其重要的地位。他的作品目前也成了收藏市场上的宠儿。

米歇尔·芬格斯坦是德国表现主义画家，一生创作有上千幅藏书票。因其母有犹太血统，他在1935年回意大利探亲时被纳粹当局关入集中营，1943年在集中营中去世。他在集中营里没有放弃艺术追求，共创作了五百余种藏书票。在二战时期的情色藏书票创作中，无人能出其右：一是数量多。1970年纽约出版的《情色藏书票》所选200枚作品，收了芬格斯坦15枚。二是艺术价值高。他的作品为众多收藏家认可，布达佩斯、莱比锡、米兰、纽约、华盛顿、维也纳等地的博物馆中均有收藏。三是艺术风格独特。芬格斯坦的情色藏书票幽默而诙谐，并不给人以性的感官刺激，而是洋溢着美感，具有打动人心的效果。他创作的《欧罗巴》《丽达与天鹅》，堪称情色藏书票的经典之作。

帕维尔·赫拉瓦蒂（Pavel Hlavaty）也是赫赫有名的藏书票大师，获得过40多个国际奖项。但是，由于他的作品常常讽刺政治和情色问题，一直被官方视为异类。2007年，他第一次在英国举办了个展。他以情色放纵与颓废为主题，借此达到调侃与反讽现实的效果。正如他自己所说的，他的作品是"Magical Eroticism（有魅力的性冲动行为）"。那些作品看上去似乎混乱迷幻，其实具有扎实的写实功力。

中国清季民初的藏书家叶德辉没见过情色藏书票，但他喜欢在珍藏的图书中夹几张春宫画。他说，火神本是小姐，一发怒就易引起火灾，但她出身闺门，盛怒时看到春宫画定会害羞走开，从而避免火灾。这当然是美丽的借口，藏书票上的情色画面，难道也是欧洲藏书家用来的"避火"的？它大约与中国春宫画有异曲同工之妙，应该是读书人关于性幻想的一种优美的抒发吧！

藏书票大约在20世纪前后传入中国，目前发现最早使用藏

🔹 中国最早的关祖章藏书票

书票的中国人是关祖章。他曾留学美国,民国时担任过交通部的工程师。他使用的《关祖章藏书》,画面上是一位书生站在一堆书籍间展卷阅读,具有中国传统美学趣味。而 1910 年的"北洋大学堂图书馆"藏书票,被认为是迄今发现的中国最早的机构藏书票。

鲁迅先生热心推动中国版画艺术发展,对藏书票也有关注。在他编印的《引玉集》中,就介绍过苏联木刻家毕斯凯莱夫所作的一枚藏书票;他还收藏了唐英伟等人赠送的 24 枚藏书票,并记于日记之中。

要说系统地介绍藏书票,叶灵凤堪称中国第一人。1933 年 12

月,他以日本斋藤昌三的《藏书票之话》为依据,在《现代》杂志第 4 卷第 2 期上发表了长达 5 千字的《藏书票之话》,全面介绍了藏书票的历史、源流和制作方法。他在文章中说:"只是因为自己素来爱好书,更爱好这种装饰风格的小趣味,便信笔这样写的。"文章的末尾,还刊印了他自己设计的一枚《灵凤藏书》以及 16 枚外国藏书票。这也是中国报刊第一次公开发表藏书票。

著名戏剧家宋春舫亲自为自己的图书馆设计制作"褐木庐藏书票"。票面上部书"褐木庐"三字,紧挨着的是一本打开的竖排书,中间 CB 两个字母,寓意爱书,还绘有一只墨水瓶与两支交叉的羽管笔,下部则是藏书编号。这枚藏书票从外在形式到内在涵义都颇具西洋风味,堪称中国早期藏书票中难得的佳作。他还有一枚"春舫藏书票",画面由汉画像中的鸟兽图案与古老的大篆"春舫藏书"四字构成,简洁、古朴而庄重。与"褐木庐藏书票"相比,这枚藏书票表现出典型的东方趣味。

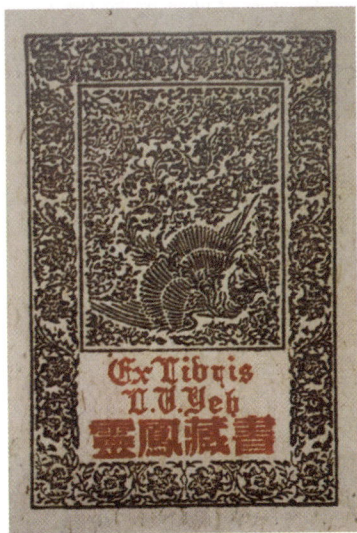

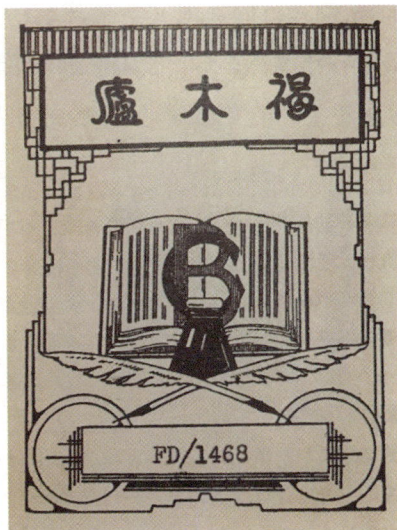

✤ 作家叶灵凤的藏书票　　✤ 戏剧家宋春舫的"褐木庐"藏书票

中国在 20 世纪 80 年代成立了中国藏书票研究会，每两年举办一次全国性藏书票展览，并出版《中国藏书票》会刊。2009 年 10 月，第 32 届世界藏书票大会在北京举行，这也促进了中国藏书票的发展。

张立宪主编的《读库》，每册的扉页上都贴有一枚诸如蔡智忠这样的名家创作的精美藏书票，堪称亮点。四川文艺出版社出版的《凡高》，随书赠送了一套以凡高的油画复制的藏书票，每枚书票的上方都留有一方空白，以供读者钤印或签名，实在是考虑周到。至于期刊界，也有以藏书票作为赠品招徕读者的，如《今古传奇·武侠版》曾推出过一套以"大陆新武侠"代表人物和作品为内容的藏书票赠送给读者；《小说选刊》则分两次印制过一套 24 枚的以风景油画为图案的藏书票，受到读者欢迎。

如今电脑功能强大，完全可以自己动手设计制作藏书票。我就用电脑设计过两种，一种借用的是比亚兹莱的版画，与我的篆体藏书印组合成票面主体图案，4 枚一套，一共打印了 25 套，大多贴在我收藏的外国文学名著上；另一种用丰子恺诗意画《缺月挂疏桐》作为图案，单张印了 500 套，其中一部分贴在我的评论集《重建我们的文学理想》中赠送友人，一部分留下自用……夜阑人静，信手翻书，"蝴蝶"展翼——像这样与自己的"作品"相逢，恰如邂逅知心旧雨，别有一番滋味在心头。

1 作家刘白羽的藏书票
2 学者陈子善的藏书票
3 诗人臧克家的藏书票
4 作者自制藏书票

1	2
3	4

1 美国摩根图书馆的藏书票
2 德国画家布洛斯菲尔德 1973 年创作的"圣乔治屠龙
　纪念日"藏书票,后来成为纪念"世界读书日"藏书票
3 希特勒的藏书票
4 美国画家肯特为朋友海伦制作的"摘星"藏书票

1	2
3	4

造物神奇无边界
——奇异的书

在纸发明以前，文字有过许多载体，除了人们熟知的甲骨、竹木、帛以外，还有石头、草叶、金属等等。随着材料的变化和生产工艺的发展，书籍也在不断演变。在书籍的进化史上，出现过许多奇异而有趣的书。

早在公元前 21 世纪，古巴比伦国王汉谟拉比制定了《汉谟拉比法典》，并刻在一段 2.25 米高的黑色玄武岩石柱上。石柱上端刻的是汉谟拉比站在太阳和正义之神沙马什面前接受象征王权的权杖浮雕，下端是用楔形文字刻写的法典铭文，共 3500 行、282 条。这是世界上较早的一部可考的石书，目前收藏在法国的卢浮宫。缅甸也有一部石头书，内容是有关佛教哲学的。全书由 731 块大理石板构成，每块高一米半、重两吨多，全书占地面积超过五公顷，现收藏于曼德勒。中国最早的石书要数唐朝初年在陕西凤翔县发掘出的十个石鼓，上面的文字被称为石鼓文。汉代熹平石经、唐开成石经、后蜀石经、北宋汴京国子监石经、南宋杭州高宗御书石经、清乾隆石经以及北京附近的房山石经等，也都是刻在石头上的，皆可称为石书。这些笨重的石头书，主要是为了记录信息。

因为在石头上刻字不易，古代两河流域的苏美尔人发明了泥版书。他们将黏土制成一块块宽约 8 厘米、长约 10 厘米的软泥板，然后用尖木笔、鹅毛、刻刀在上面刻写楔形文字。泥板刻好后放在太阳下晒干或放入火中烘烤，就成了泥版书。为了防止泥板错乱，每块板的结尾都会写上书名，并标明它是全书的第几块；有

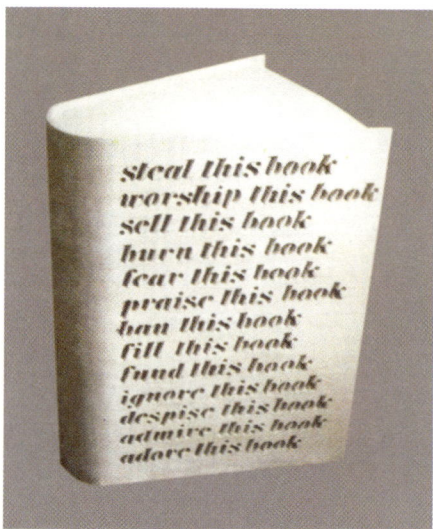

阿比·霍夫曼制作的大理石书
《偷此书……烧此书……拜此书》

10 世纪用象牙雕刻的封面

的还会注明藏书地点。泥板书通常存放在陶瓷书箱中,书箱上挂一块小泥板,写明书的类别和日期。公元前 7 世纪,亚述人在首都尼尼微修建了规模宏大的巴尼拔图书馆,收藏了当时能搜集到的各类泥版著作,蔚为大观。如今,大英博物馆收藏了二万零七百二十片泥版书。研究人员通过研究泥板上的文字,得出诺亚方舟是圆形的结论。他们还译出了不少有趣的谚语,譬如,"妻子是丈夫的未来,儿子是父亲的靠山,儿媳是公公的克星""鞋子是人们的眼睛,行路增长人的见识"等等。泥版书的制作和使用一直延续到公元 1 世纪。

石头和泥版只是书籍的原始形态,人类一直在寻找着可以书写的轻便材料。在自然界中,草和树叶无疑是最容易获得的。在尼罗河上游生长着一种类似芦苇的莎草科植物,古埃及人取其茎切成薄片,压干后连在一起制成莎草纸,即"纸草"。当地人将纸草加工成长卷,在上面写字,这就是"纸草书"。纸草书一直应用到公元4世纪左右,逐渐为羊皮书所代替。在巴黎的卢浮宫里,保存有四千五百年前写的一卷纸草书样本。古代拉丁人还曾用树皮写字,德国卡塞尔市的博物馆里就保存有用树皮写的书。在中国云南西双版纳,过去傣族人用棕榈树(即"贝叶棕")的叶子刻写经文,称为贝叶经,至今尚保存有五万册。

据说,由于埃及人停止供应纸草,古代中东地区的帕加马人被迫研究新的书写材料,发明了羊皮纸。羊皮纸主要取材于绵羊、山羊、羚羊的皮,也有用小牛或其他动物的皮精制而成。羊皮纸在西方沿用了许多年,直到被木浆纸替代。

书籍发展史上还出现过一些金属书。譬如,一千多年前,斯里兰卡人创作了一部用纯黄金制作的书——佛经。每页书重三百克,全书125页,重37.5公斤,是世界上独一无二的纯黄金书。17世纪末,有人在罗马买到一本铅书,封面与正文6页,都是铅板做的。在巴西圣保罗市中心广场上,陈列着一部钢书,全部用不锈钢薄板铸刻,共1000页,记录着圣保罗城市的历史沿革、风土人情、名胜古迹。保加利亚加布罗夫斯克市"讽刺与漫画作品"博物馆存有一本铁书,重4公斤,全书共20页,记录的是加布罗夫斯克市的著名格言和谚语。中国历史上也出现过不少铁书。公元前536年,郑国执政子产命令把郑国的法律条文铸到鼎上,公布于众;公元前513年,晋国向民众征收"一鼓铁"铸造铁鼎,将范宣子制定的"刑书"铸在鼎上。到了汉代,出现"丹书铁券"。刘邦为了笼络功臣,颁给元勋"丹书铁券"——一种外如筒瓦状的铁制品,上面用丹砂写着信词——作为褒奖。中国历史博物馆收藏了一份唐代的"铁券"实物,上嵌金字诏书333字。这是唐昭宗李晔赐给大臣钱镠的,上书:"卿恕九死,子孙三死,或犯常刑,有司不得加责。"这些金属书籍,除了记录信息,还蕴含着丰富的文化内涵。

✤ 大英博物馆收藏的泥版书

✤ 大英博物馆收藏的金书

随着科技的发展,书籍制作逐渐突破了材料的限制。人类在追求书籍的实用性的同时,开始追求其文化性与审美性。尤其是纸和印刷术发明以后,举凡装订、印刷、纸张与字体、插图的选定,都成为书籍制作的重要环节,书籍开始拥有更为丰富的意义。人皮书,就是书籍发展史上的一个异类。

最早的人皮书出现在中世纪。据说,目前在世界上存有100余册,主要分布在欧美地区。作为一种特殊的强化记忆的手段,人皮书一般有警诫和纪念两种功用。

在英国贝利圣爱门的摩塞斯堂博物馆内,收藏有一本人皮书。它是用一个叫威廉·葛达的杀人犯的皮装订的。威廉·葛达杀死了情妇而被判绞刑,外科医生佐治·屈里特解剖了他的尸体,用他的皮装订了一本描写该案经过的书。在美国波士顿图书馆内也藏有一本1837年版的人皮书人物传记。传记的主角是当时著名的大盗乔治·沃尔顿,他死后被割下皮肤,用来包装这本传记。事后,当地政府把这本书送给了一名曾经遭他抢劫的受害者,以示对他的赔偿。在巴黎的迦拉伐勒博物馆里收藏有一本1793年的宪法,是用一个革命党人的皮装订的。美国玛波罗大厦中存有一本书,据说是用玛丽·卜特曼的皮装帧,此人是约克郡的一个女巫。这些人皮书都具有警诫意义。

还有一些人皮书,具有特殊的纪念意义。哈佛大学图书馆收藏有一本法国作家阿瑟·乌的《灵魂之命运》,该书由一位叫卢多维奇的医生用人皮装订。卢多维奇在书中手写了一张便条解释他的动机:"这本书用人皮装订,没有任何装饰以保持其优雅的气质""这是一本关于人类灵魂的图书,值得用人类的皮肤保护""……这块人皮来自于一位妇女的背部……"法国一位叫安吉斯的伯爵夫人生前非常喜欢天文学家、诗人卡米尔·弗拉马利翁博士的诗集《空中的土地》。因为诗人曾赞美过她的肩膀,她就在临死前立下遗嘱,要求在死后用她肩上的皮装订这本书。后人照办了,并且在这本书的封面烫上了这样几行法文金字:"遵照一位女士的心愿,用她的皮装订而成。1882 年。"这个故事虽然有点瘆人,但还是表现出法国人奇异的浪漫情调。至于二战期间,纳粹德国的一个俘虏收容所所长老婆的爱好就非常变态了。她嗜好有纹身图案的人皮,近乎恋物癖。利用丈夫的权势和地位,她杀害了许多有漂亮纹身的俘虏,用他们的皮肤制作《我的奋斗》和自己的日记书的封面。

名噪一时的电影《枕边书》,生动地阐释了这种恋物情结。片中那位自小崇敬书写的女孩,迷恋文字,迷恋纸页、墨汁的气味与触感。这些元素若同时在人体呈现,更加能够引起她的快感。为了追逐这份快感,她刻意寻觅具有合适肤质的人体来书写,最终完成了十三本书。

到了 20 世纪,随着艺术观念的发展,书籍设计成为一个独立的门类。设计家们把物质性要素视作书籍艺术创作的重要组成部分,巧妙运用现代工艺,创作了许多"奇异"的书。这些书不仅是信息的载体,还可以供读者赏玩,具有独特的艺术价值,有的甚至就是观念艺术作品。

设计师们突破了对于书籍的传统理解。他们认为,一本书除了在内容上吸引读者之外,还应从视觉、触觉,甚至听觉与嗅觉等方面激发读者的阅读欲望。譬如,一些书装设计家设计出"空白书"——当然不是真正的空白书,只是没有文字与图像而已。它以丰富的视觉、听觉或触觉语言,给读者带来另类的"阅读"感受。

英国设计师 Keith A Smith 设计的《弦之书》,书页是用厚纹纸做的,内容就是几条细白绳。翻动书页,绳子跃动、弹跳,与粗糙的纸相摩擦,发出悦耳的声音。整本书虽然不着一字,但是白中带黄的纸页,加上绳、孔、光、影的巧妙组合,形成五彩斑斓的效果,就

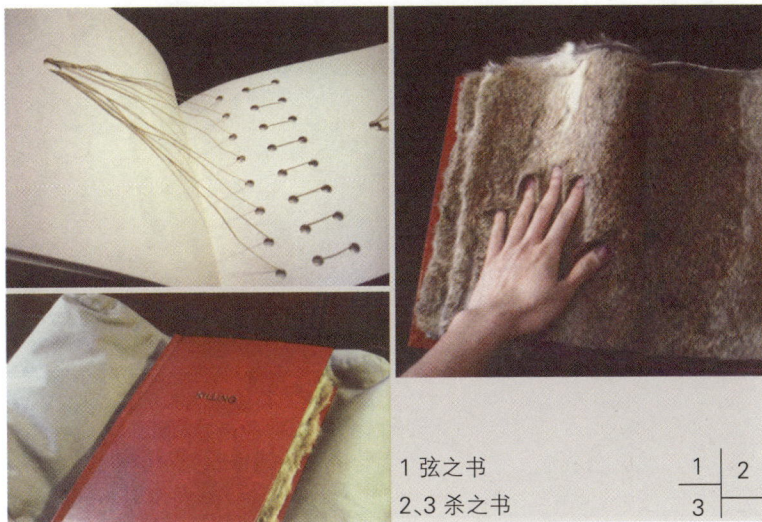

1 弦之书
2、3 杀之书

1	2
3	

像一首富有韵律的诗。设计师 John Christie 和 Ron King 把三十张镜片夹在两块厚重的玻璃镜中间,制作成一部《镜之书》。当读者拿起这本书时,会觉得又重又冷。当手指触摸到光滑反光的镜片时,马上会产生一种黏着感。把这本书放在不同的环境下阅读,会有不同的体验。人与镜、纸与周围事物影像的互动,也会带来读者的自省和对世界的反思——身处喧嚣世界,我们常常被自己蒙蔽,看不清自己;也许,"镜之书"营造的才是一个真实的自己呢。设计师 Denise Hawrysio 制作的《杀之书》共有 5 页,每页的内容就是密密黏合在一起的兔子毛。这本书触摸上去轻而柔软,有皮毛的温暖,让人在联想中情不自禁地生出罪疚感。香港设计师陈曦成制作过一本《酒之书》,主要材料是胶片。红色的薄胶片恰到好处地表达出透明而婉柔的液态效果,同时又有火焰的颜色。他将书的边缘用火微微烧过,书页浴火重生,如凤凰般展翅欲飞。把书放入水中,不单是水与火的互动,更是象征新生命的开始。酒,不正是水与火的混合物吗?这本书的创意可谓独出机杼,灼热人心。

🔱 镜之书

在视觉、听觉或触觉之外，书籍还会和读者产生什么样的互动关系呢？书籍设计者没有停止尝试。

1999年感恩节时，美国书籍设计家、收藏家兼评论家茱迪·霍夫博格与三位同行聚会，突然冒出一个奇思，是否可以做一些能吃的书？她的想法得到大家响应。随后，霍夫博格联络书界朋友，策划在2000年的愚人节这天举办首届"国际吃书节"，鼓动大家以食材制作可以吃的书。到今天，"国际吃书节"已经扩展到了全球10多个国家。每届吃书节上的书取材都很广泛，有巧克力、糖霜、奶油、吉士、海苔、土司、饼干、糖果、蛋、果冻、鱼子酱、通心面、各色水果与蔬菜等等。曾有人用熏肉（bacon）拼成法国（France）的版图，以此向佛朗西斯·培根（Francis Bacon）致敬。因为培根曾说过："一些书浅尝辄止，一些书适合大块吞服，只有很少一部分值得细嚼慢咽。"在西方文化和中国文化中，"书籍"与"食物"这两个意象常常是互为隐喻的。这些烹调精美的"书"，不仅拓展了"书"

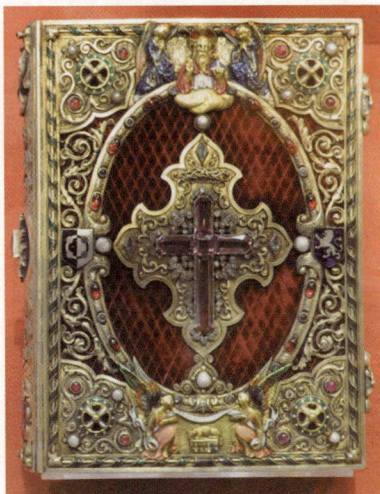

🔱 5世纪装帧豪华的《福音书》　🔱 英国阿尔伯特与维多利亚博物馆
　　　　　　　　　　　　　　　收藏的镶嵌着宝石的书

的定义,又开启了人与书的全新的相处方式。人类的阅读活动,由视觉、触觉、听觉、嗅觉延展到了味觉。当我们用味蕾来品尝一本书的酸甜苦辣咸时,那又是怎样的一种奇妙体验呢?

　　人类已经进入电子时代,书籍的发展形态出现了革命性的变化。作为一种物质与精神的融合体,书籍的存在方式也许没有边界。对于许多爱书人来说,他们永远不会放弃探索书的新形态。纸张、食物,乃至肌肤,一切的材料,都可以激发创作的灵感,都可以变成美丽的书页。人与书的关系是不断发展的,关于书籍世界的想象,永无止境……

可以吃的书

天然未凿本色美
——毛边本

前几年,著名书装设计师朱赢椿设计的《不裁》获得了"世界上最美的书"的称号。这本获奖的书有点儿与众不同:它的翻口处书页不齐,而且有些书页没有裁开;书里附有一把纸刀,编者特别说明是专用来裁书的。媒体在报道这本书时,提到了一个大众读者有些陌生的词儿——毛边本。其实,《不裁》之形态并非正宗毛边本,只是改良的而已。但是通过这本书,更多的读书人知道了毛边本。边春光主编的《出版词典》中如是解说:"(毛边本是)平装本的一种形式。书芯装订成册后不加裁切,让读者在阅读时自己裁开。使书边不齐,以保留自然朴素之美,增加读者对书籍的亲切感。"

毛边本作为图书的一个异类,一直存在着,并流传于小众化的圈子里。据白化文先生介绍,正宗的毛边本只裁地脚(下切口),不裁天头(上切口)和翻口(外切口)。

法国、德国、英国等书籍版本传统深厚的国家是毛边本的发源地。还在中世纪时,欧洲的出版商就开始为贵族阶层生产毛边书。手持裁纸刀,慢悠悠地边裁边读,正好契合了有闲阶级的趣味。到了19世纪末20世纪初,英国读书界更是盛行此风。英国首相丘吉尔就是"毛边党",曾将自己的一部毛边著作送给一位贵妇人。这位夫人在开罗有一幢别墅。二战时,她搬到别处居住,别墅就空下来了。丘吉尔到开罗出席会议,住到了那幢别墅里。一天,丘吉尔在那位夫人的书房里看到自己送她的那本书。他从书架上取下来一看,竟然还没裁开呢!丘吉尔有点恼火,就在扉页上写了一段话，说她不读此书，辜负了自己一片心意。战后，贵妇归来，偶然翻阅此书，看到留言，不由大喜，立马把书送到伦敦拍卖行，以高出书价许多倍的价格拍了出去。

中国现代开创毛边本风气之先者是鲁迅和周作人，他们合译的《域外小说集》堪称中国第一毛边书。鲁迅曾如此解说毛边本，即"三面任其本然，不施切削"，而在叠纸时都当"地齐天毛"，并将封面"贴地"。他对毛边本情有独钟，所著所译所辑的《呐喊》《彷徨》《坟》《朝花夕拾》《苦闷的象征》《唐宋传奇集》等等，无一不是毛边本。鲁迅要求北新书局印他的书必须是毛边本，一本都不许

书雕塑

切边。有一次，书印好以后都切了边，鲁迅很生气。李小峰解释说："一开始装订，我就将毛边的摆出去卖，但没有人买，要教我切了边才肯要，我看没办法，所以索兴都切了边。"鲁迅明确表示反对，李小峰只好变通处理："此后为先生送的，虽然都是毛边，但寄到外埠分店的，还是切边本，在北平，恐怕先生看见不答应，便将毛边本送上街坊上了。"由此可见，鲁迅对毛边本是多么痴爱。

由于受周氏兄弟的影响，自上个世纪 20 年代中叶起，毛边本在新文学作家中蔚然风行，郁达夫、郭沫若、张资平、林语堂、丰子恺、巴金、冰心、苏雪林、谢冰莹、叶灵凤、施蛰存、邵洵美、章衣萍、许钦文等等，都出版过毛边本。除了图书之外，杂志也有毛边本的，如《莽原》《奔流》《语丝》等都采用毛边的装订形式。

新中国成立之初，有少量毛边本问世，早期的《诗刊》杂志就一直是毛边本与裁切本并行出版。后来，毛边书被批为封资修的玩意儿，逐渐销声匿迹。直到 1979 年 10 月，黑龙江省文学艺术研究所根据萧军自藏的 1933 年出版的小说集《跋涉》毛边本，仿制了 5000 册毛边书。这是新时期的第一批毛边本。从此，毛边书"复活"。老一辈的如唐弢、黄裳、张中行、姜德明、流沙河、谷林等，年轻一代的如陈子善、龚明德、止庵、胡洪侠、谢其章、彭国梁等人，他们在出版新著时都制作了毛边本。像"六朝松随笔文库""开卷文丛"等深受读书人喜爱的丛书全部都有毛边本。许多毛边本爱好者自称"毛边党"，学者秋禾就戏拟了一个"毛边党"排行榜：推鲁迅为"党魁"，以唐弢、周煦良、钟叔河、黄俊东为"四大金刚"，钱伯城、林辰、姜德明、龚明德、董桥、陈子善、余章瑞、谢其章为"八位护法使者"。毛边本研究亦成为一门学问。专攻毛边书收藏的沈文冲继《毛边书情调》之后，又出版了《百年毛边书刊鉴藏录》。该书从近 100 年来出版的大量毛边书中，遴选出 270 多种有代表性的毛边书逐一介绍，让"毛边党"大开眼界。

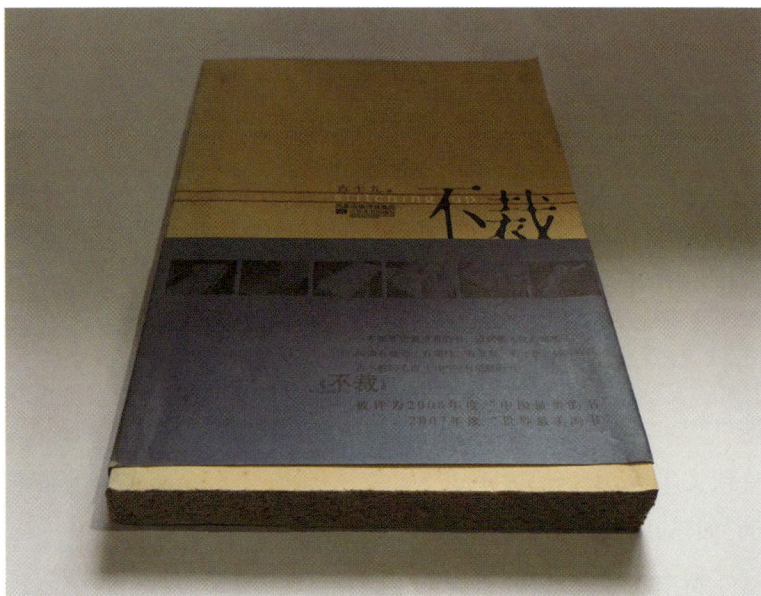

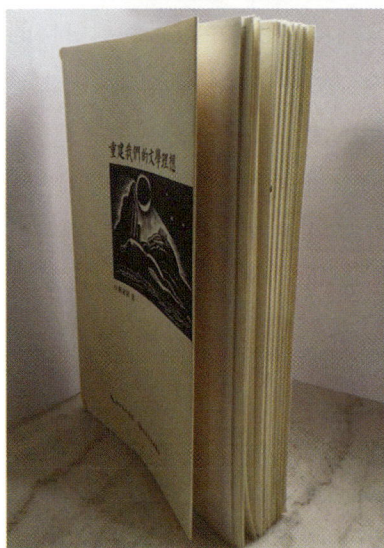

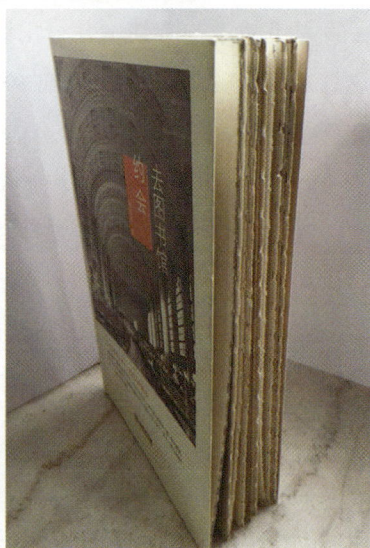

1《不裁》毛边本
2《重建我们的文学理想》毛边本
3《去图书馆约会》毛边本

毛边书因其稀少,逐渐跻身收藏品,而且增值甚快。在孔夫子旧书网上的拍卖活动中,毛边本的价格往往超出裁切本的数倍,而且总是迅速售罄。据说,新文学毛边本经常被炒成"天价"。1909年鲁迅翻译出版的《域外小说集》毛边本,120多页,成交价已达39万元。

毛边本为何会受到读书人的格外青睐呢?

从美学的角度来讲,书籍经由手工裁开,翻口由原来未裁时的光边变为毛边,质感发生了变化,书页参差错综、残缺不齐,页面更为阔大,整本书显出一种朴素、粗犷、原始的本色美。陈子善对鲁迅痴迷毛边本做过如是分析:"他早年负笈东瀛,通过日本这个媒介迷恋西方书籍装帧艺术不无关联。毛边本正是作为西方书籍文化的一种具体体现,为鲁迅所喜爱,所移用。"鲁迅着意的显然是毛边书的形态之美。唐弢先生也说:"我觉得看蓬头的艺术家总比看油头的小白脸来得舒服。"他形象地总结:"朴素,自然,像天真未凿的少年,憨厚中带些稚气,有点本色的美。至于参差不齐的毛边,望去如一堆乌云,青丝覆顶,黑发满头,正巧代表着一个人的青春",又称是"拙的美"。

从实用的角度来看,书看久了会污损,页边尤甚;倘是毛边,看过裁掉其边,可使书籍焕然一新。陈原先生曾经说过:"原来法国讲究的文学作品都是不切口的,封面一般用绿色或橙色纸写上作者名、书名等等,没有现在所谓的封面设计,都用穿线装,一贴一贴的订在一起,所以拿到这样的书,都要用裁纸刀一页一页地裁开,才能阅读……读完之后才拿去装订作坊装上封面。那时封面可选用羊皮、花布,用金银或其他颜料印上你喜欢的样式;或者索性自己来装。"另外,毛边本尺寸稍大,裁开后版面留白较多,文字有呼吸的空间,读者还可以在空白处顺手写下读书笔记。

毛边本还能寄予别样的情感。作者把赠书对象当作知音看待,把这未切边之书赠予他,相信他一定会裁开来看,分享一种略

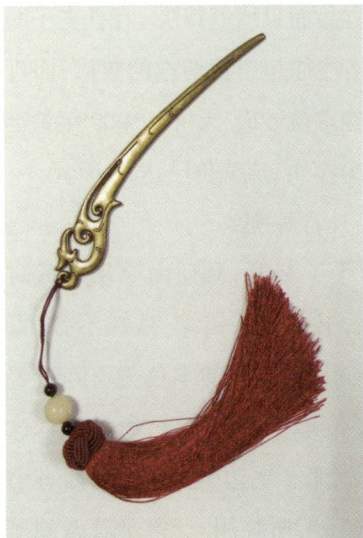

❧ 金属裁书刀

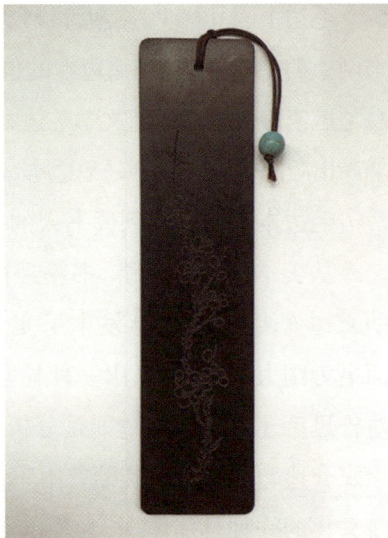

❧ 楠木梅花图案书签,亦可作裁书刀用

带私密的体验。网上还有人戏言,毛边书类似"处女",在当今商业味浓郁的书林中自有一股清纯之气,能满足一些读书人渴慕纯洁的隐秘心理。

我喜欢毛边本,理由却是阅读过程中短暂等待的别样快乐。毛边本需一页一页裁开,一页一页翻看,阅读速度不得不放慢。慢阅读会使人心神收摄,平息静气,一点一点去品味文字的深意,人与书会渐臻水乳交融之境。就像周作人在《〈毛边装订的理由〉按语》中写到的:"本来读书就是很费功夫的,只能请读者忍耐一下子。在信仰'时即金'的美国,这自然是一个很大的损失,在中国似乎还不十分痛切地感到罢。"就当下的阅读环境而论,国人心态浮躁,快餐文化泛滥,慢阅读越发变得奢侈,毛边书阅读的象征意味自然也就变得更强烈了。

我主编、策划过许多杂志和图书,自己也出版过几本专著,一

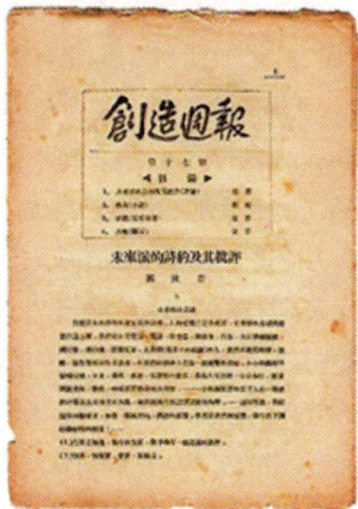

✤ 创造周报毛边本

般都会制作少量毛边本作为纪念。其中,值得一说的是思想人文杂志《天下》。这本杂志创办于 2012 年,主编是著名作家刘继明,青年评论家李云雷和我担任副主编,类似于"同人"杂志。该刊一度被知识界誉为"北有《读书》,南有《天涯》,中有《天下》",因为经费无继,只出版七期就停刊了。创刊号印了 5 千册,共制作了 20 册毛边本,分为两种——一种 是"全毛"的,还有一种是"半毛"(印刷厂误将天头裁齐了),各 10 册,全部手写编号。由著名学者、评论家于可训先生担任主编的《长江文艺评论》杂志,我是副主编之一,出版创刊号时也制作了 20 册毛边本;青年篆刻家魏晓伟专门治印,为每册毛边本编号。我的专著《活色生香:文学经典插画考》《去图书馆约会》出版时, 我要求出版社各制作了 10 册毛边本,《重建我们的文学理想》则制作了 20 册毛边本,除了自己留下几册作为纪念,其余都分赠同好了。

与毛边书相配的，有专门的裁书刀。裁书刀最常见的材质有金属、木质、竹质和纸质，也有用动物骨骼制作的。

英国的赫利·亚尔地斯在《印本书》中这样写到："（对于那些得到毛边本的读者来说）最值得推荐的工具是一柄象牙刀，而且似乎必须在这里说明，手指或发针都不是适宜的替代工具。在动手裁书时，刀应该向下用力，而不宜向前推去，否则书边要裁得很粗糙；而且，未裁之前，须先将刀在头发上略加拂拭二三次，使其略受油润，则使起来一定更加平滑……"洁白如玉的象牙刀令人神往，但对于大多数读书人来说不可得。著名"毛边党"王稼句撰文介绍了更易得且实用的工具："最好用竹篾或红木的刀，一刀裁去，纸边并不光洁，略有一点毛茸茸，仿佛素面朝天的女子，比起画眉抹粉后的样子，更有一种自然朴素之美。尤其那裁纸的过程，眼里看着，手里动着，还有那嘶嘶的声音，你仿佛与书融合在一起了，似乎只有在你的劳作下，这本书才有了它的意义。边裁边读，能得一种愉快，读过后插在架上，因为与其他书不同，也就醒目惹眼，显示出一种参差不齐之美。"多么优雅的一幅读书图啊，不禁让人神往。

孙犁说过："（裁书）这当然是雅事，不过也耽误先睹为快的情绪。心急读不了毛边书，这就是结论。"西哲有言：慢慢走，欣赏啊！毛边书无语，却让我如闻：慢慢裁，欣赏啊！

情愿生涯—蠹鱼
——书虫

读过《老残游记》的人大概会对一个情节留有印象：老残摇着串铃来到山东半岛，欲去聊城柳家（映射的是海源阁主人）访书，不料却碰了个大钉子。原来柳家将藏书都锁在楠木书橱里，不许任何人接触。老残惆怅之余，赋诗一首："沧苇遵王士礼居，艺芸精舍四家书。一齐归入东昌府，深锁琅嬛饱蠹鱼。"诗中说的蠹鱼，就是让古代读书人深为纠结的一种喜欢噬书的虫子。

蠹鱼这种小生物，对于现代人来说已经很陌生了。这种虫子嗜食淀粉、纤维类食物，如糨糊、纸张、书籍等等。如今的书籍所用纸张既不含淀粉，也少纤维，多的是化学物质，蠹鱼已经没有兴趣了。所以，现代图书中是绝少看到蠹鱼的。但是，在书籍的发展史上，蠹鱼一度繁盛，多有传奇。

蠹鱼的学名是 heplomasa ccharina，《尔雅》称之为"蟫"，也叫衣鱼。据李时珍在《本草纲目》中解释，它"久藏衣帛中及书卷中，其形稍似鱼，其尾又分二鳍，故得鱼名"。据现代昆虫学解释，蠹鱼是衣鱼科昆虫的通称，一类较为原始的无翅小型昆虫，在全世界约有100多种。衣鱼的发育过程要经历卵、若虫和成虫3个时期，属于表变态类型（昆虫不完全变态的一个类型）。蠹鱼一般长约8至12毫米，背披银白色细鳞，一触即脱，碎之如银。头部有两条细长的鞭状触角及两只复眼，复眼上有12个小眼，分三行排列。嘴在头部正前方。身体部分有13节：前3节为胸，后10节为腰。有足3对，尾须1对，中尾须1根，稍长。雄蠹鱼体扁而细长；雌蠹鱼

❦ 德国卡尔·斯比茨威格创作的《书虫》

体宽而肥胖,有一根产卵管,靠近中尾须。蠹鱼每年夏初开始产卵,卵产在书缝或家具缝中,呈椭圆形,白色,半透明,一个月左右可孵化出幼虫。蠹鱼一般可活两三年,每年可繁殖数代。它的耐饥性、抗窒息力都很强,书籍、纸张、衣物等都是它的美食,因此又称"衣鱼"。还有蠹、白鱼、壁鱼、书虫等俗称。

西方有不少人研究这种小小的书虫。英国作家威廉·布列地斯在《书的敌人》一文中列举了他见到的和听说过的几种蠹鱼。"它喜欢潮湿和温暖,嗜食任何纤维物质……不过我推测它如果不十分强壮,油墨对于它的健康便不很适合,因为我发现在有字的地方所穿的洞,它的长度似乎不能提供足够的食料以供幼虫发展变化之需"。1879年,有位友人邮寄了一只肥壮的小书虫给布列地斯。他将虫子养在一只小盒子里,并且给了它一些碎纸片。"它将书页吃了一小片,不过不知是否由于新鲜空气太多,还是不习惯这样的自由,还是因为食物改变了的缘故,它渐渐地衰弱起来,终于在三个星期之后死了"。1882年,大英博物馆的一位博士送给他两只书虫,其中一只很快死了,另外一只活了十八个月。"我竭尽我的能力照料它:将它放在一只小盒子中,选择了三种旧纸给它吃,很少去惊动它。它显然不愿过这样幽禁的生活,吃得很少,活动得很少,甚至死了以后的样子也改变得很少……它是透明的,像一片薄象牙一般,身上有一条黑线,我猜想这大约是它的肠子。它非常缓慢地丧失了它的生命……"

英国诗人多拉斯顿把蠹鱼视为书的敌人,他写道:"一种最忙碌的小虫 / 能够损坏最美的书 / 将它们咬成许多小洞 / 它们洞穿每一页 / 但丝毫不知其中的价值 / 也从不顾念及此。"他还提醒读书人:"对于胡椒粉、鼻烟、淡芭菰,/ 它们付之一笑。/ 是的,对于这类科学的产物,/ 这些孱弱的小爬虫何必害怕呢? / 因为只有将你的书常加翻阅,/ 乃是对于这些小虫的有效打击。"

🔖 "食之无味,蠹鱼罢餐",
华君武漫画藏书票

🔖 "书虫"藏书票,
捷克画家杜萨制作

中国诗文中关于蠹鱼的记载比比皆是,读书人对之情感复杂,难以简单分辨究竟是爱还是恨。

李白在《感遇》中写道:"委之在深箧,蠹鱼坏其题。"白居易的《伤唐衢》也记述:"今日开箧看,蠹鱼损文字。"两位大诗人以平淡的口吻道来,似乎对蠹鱼没有什么恶感。贯休在《故林偶作》中则吟道:"蠹鱼开卷落,啄木隔花闻。"从诗的意境来看,蠹鱼就是一幅怡然读书图中的点缀呢。至于李商隐的"自探典籍忘名利,欹枕时惊落蠹鱼",则已然是虫我两忘的境界了。

到了宋代的晁补之这里,书虫却弄得诗人颇有些苦恼。他在《次韵阎秀才汉臣食兔》中写道:"抽毫置筊管,复苦蠹鱼啮。"蠹鱼也爱光顾陆游的藏书,他写下了不少诗句:"卷书置箧中,宁使蠹鱼饱""壁简阴积添蠹字,床琴生润咽弦声""一卷蠹书栖卷手,数声残角报斜阳""绝胜锁向朱门里,整整牙签饱蠹鱼"。诗人的态度是不急不恼的,只让人觉得蠹鱼的存在反给他增添了许多诗料。

明代胡应麟《少室山房笔丛》中说:"枕席经史,沉涵青缃,却扫闭关,蠹鱼岁月,赏鉴家类也。"他对小虫儿显得十分豁达,向往蠹鱼似的"书生活"。

清人唐孙华在《再叠随庵韵》一诗中描写自己的晚年读书生活,也以蠹鱼自喻:"衰年仿佛烛光余,犹向残编作蠹鱼。"清代的郑板桥对蠹鱼别有情怀,他在《怀扬州旧居》中吟道:"楼上佳人架上书,烛光微冷月来初。偷开绣帐看云鬟,擘断牙存拂蠹鱼。"佳人与蠹鱼并举,柔情蜜意不仅给了新娘子,同时也给了小小的书虫。纪晓岚曾自撰一联:"浮沉宦海如鸥鸟,生死书丛似蠹鱼。"身居高位的他更爱读书生活,不惜以蠹鱼自况。

现代作家郁达夫在《杂感》之八中写道:"十年潦倒空湖海,半生浮沉伴蠹鱼。"无论荣辱沉浮,总是离不开书,蠹鱼成了他的精神寄托物。

诗人卞之琳在《白螺》中写道:"我仿佛一所小楼,/风吹过,柳絮穿过,/燕子穿过像穿梭,/楼中也许珍本,/书页给银鱼穿织。"诗人以浪漫的情怀,借书虫为读书人编织了一幅美丽的图景。

散文家黄裳在抗战期间写过一篇《蠹鱼篇》,发表在上海的《古今》杂志上,后来《古今》杂志社将该刊的一些谈藏书的文章汇编成一本书,书名就叫《蠹鱼篇》,于1943年出版,颇受欢迎。20世纪80年代,黄裳为一本新书取名《银鱼集》。他说:"这里用一个《银鱼集》的名目,也无非是偷懒取巧的方法。古时读书人对蛀食书籍的小虫抱着复杂的感情,一方面是痛恨,但另一方面也很羡慕。"

台湾诗人余光中写过一篇《蠹鱼的自传》:"伏居在《炼狱》的二零六和二零七面之间/静静地啃啮着但丁的灵魂/我是一尾尸的扁银鱼/从诞生过美神的爱琴海游泳到意大利/古老的世

界霉腐了,我寂寞——唉唉,菲基尼的沉船,希腊的断柱/无人回答的斯芬克狮,尼罗河的落日/特罗伊的古战场/海伦房中织渔网的蜘蛛/直到有一个响朗朗的晴天,仓皇地/我自《炼狱》中泳入二十世纪的夏/我目眩!/一个诗人捕住了我,且杀我/于他的拇指之间。"借蠹鱼之口自述,诗思深沉,寓意丰富。

诗人流沙河有本书叫《书鱼知小》,其中有一篇《蠹鱼的美化》,引用了两句诗:一句是王辛笛的"一条美丽的红金鱼/从《水经注》里游出来",另一句是台湾诗人王庆麟《晒书》中的"一条美丽的红蠹鱼/从《水经注》里游出来。"流沙河点评:"小王改易老王两字,添上标题《晒书》,堪称点化,尤妙。"

藏书家谢其章干脆为自己的书取名《蠹鱼集》,在前言中写道:"形容爱书人痴情有许多词,我偏爱"蠹鱼"一词。终于有机会把蠹鱼用到自己的书名上,也顾不上贴切不贴切了……关于这些专以食书为生的虫儿,很有一些品种,国外的藏书家在这方面比我们研究得深入细致,我们只是觉得用虫儿作书名很好玩。"

台湾著名书人傅月庵自取笔名"蠹鱼头",写了一本书就叫《生涯一蠹鱼》。那一杯"浮生梦欺书不欺,情愿生涯一蠹鱼"的读书心情,直让人羡慕。

鲁迅先生喜好藏书,一定也关注过蠹鱼。他作过一篇《祭书神文》,颇为有趣:"会稽戛剑生等谨以寒泉冷华,祀书神长恩,而缀之以俚词曰:……湘旗兮芸舆,挈脉望兮驾蠹鱼。寒泉兮菊菹,狂诵《离骚》兮为君娱。君之来兮毋徐徐,君友漆妃兮管城侯。向笔海而啸傲兮,倚文冢以淹留。不妨导脉望而登仙兮,引蠹鱼之来游……"文中除了蠹鱼之外,还提到了脉望。脉望又是什么东西呢?传说,"脉望"为蠹鱼所化,得之可以成仙。《太平广记》引唐人典籍《原化记》说:"唐建中末,书生何讽,尝买得黄纸古书一卷,读之,卷中得发卷,规四寸,如环无端……据《仙经》曰:'蠹鱼三食

✦ 痴迷于骑士文学的"书虫"堂吉诃德

神仙字,则化为此物,名曰脉望。'"唐段成式的《西阳杂俎》中对此也有记载。据说读书人若得了这东西,在夜晚拿了它对着星斗祈祷,然后煎水服下,立刻就可飞升成仙。读书升仙的传说,寄托了读书人的梦想,可视为蠹鱼这种小小生物文化化后的一个美妙象征了。

纵然蠹鱼万般可爱,但它生而食书,终归是书的敌人。威廉·布列地斯在《书的敌人》中介绍:有一只虫子在书上蛀一个洞可贯穿整本书。最厉害的虫子曾将27部书贯穿了一个直洞,这大概是蠹鱼蛀书的吉尼斯纪录了。

数千年来,读书人都在寻找驱除或消灭蠹鱼的方法。南北朝的贾思勰在《齐民要术》中总结,"黄蘖浸汁染书,用以避蠹"。黄蘖是一种落叶乔木,其汁味苦,可以驱虫。南宋的邵博在《邵氏闻见后录》中说:"芸草古人用以藏书,曰芸香是也。置书簏中既无蠹。"北宋的沈括在《梦溪笔谈》中也认为这种"今人谓之七里香"的芸香"辟蠹殊验"。明代张岱在《夜航船》也推荐此法。更有人将一沓春宫画藏于书橱内用于避虫,这就十分荒唐了。据现代科学家说,银杏树叶作书签可以辟蠹。

古今读书人为什么热衷于书写蠹鱼呢?除了这种小生物与藏书之间的种种纠结外,更多的原因恐怕还在于流沙河所道破的一种情怀:"书鱼沉浮书籍之内,生死文字之间,非吾辈读书人之投影乎?"

第二辑 书之栖居

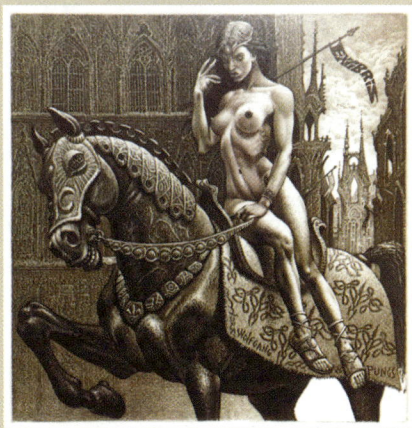

著名的图书馆作家博尔赫斯曾在《天赋之诗》里这样写到:"我,总是在暗暗设想 / 天堂,是图书馆的模样。"的确,在图书馆中,每一个真正的读书人都会发现自己的"天堂"……

就是书睡觉的床
——书与书架

　　著名诗人波德莱尔的父亲有一个书架，里面放满了伏尔泰、莫里哀、拉伯雷、普鲁塔克、孟德斯鸠等人的著作。他后来回忆自己幼年生活中的这一场景，在诗中写道："我的摇篮啊，背靠着一个书架，/ 阴暗的巴别塔，科学，韵文，小说，/ 拉丁灰烬，希腊尘埃，杂然一堆，/ 我身高只如一片对开的书页。"实在有些出人意料，书架竟然在一个孩童的记忆中烙下了如此深刻的印痕。波德莱尔后来成了诗人，终身与书、书架为伍，这大约就是宿命吧！

　　书架是伴随着书的诞生而出现的，它与书有着非同一般的亲密关系。有人曾这样比喻："书架是书站立的地板，书架是书睡觉的床。"的确，当一本书诞生之后，除了偶有幸运地被捧在手上阅读，它一生中最恒常的姿态就是静静地立在书架上，像寂寞的宫女一样等待着被临幸。书架作为工具，对于书的重要性是不言而喻的。

　　也有人说，了解一个人一定要读他的"书架"，不然就无法深入理解他。因为书架、书和读书人构成了一个完整而私密的阅读空间，将一个人的内心生活暴露无疑。因此，日本名言说："书架，是一面能映射出书架主人的镜子。"书架作为精神生活的象征，在某种程度上折射着一个人或一个时代的精神状况。台湾学者陈建铭说过："每座书架都宛如一个文明的小宇宙。虽经洪荒初创，历混沌易变，时而繁盛富饶时而低迷萧索，期间往往一不留神便冗赘芜然，每每处心积虑仍抱憾遗珠，最后亦皆寂灭覆亡；然后，幻

❧ 中世纪用铁链拴在读书台上的书　❧ 11世纪修道院中抄书的情形

化成另一个宇宙——或,成就了另一方书架,换成另一幅风景。"

　　书架作为普通的家具,常常被人们视若无睹。英国一位叫麦考利的男爵曾这样写道:"书架边上的灰尘和寂寞在我们的谈话中仍然没受干扰。曾经在适当的地方,书放其上,书架除了待在它的地方支撑着一排排书外就没有明显的运转功能。它就像一条乡村小路上的一座普通的桥,对每天都过桥的人来说,虽然桥在那里儿,却被视而不见。"数千年过去了,书架的命运大抵如此。

　　作为一种独特的工具,书架的演化史也折射着书籍与阅读的进化史。

　　彼得洛斯基是美国杜克大学土木工程学及历史学教授,被誉为"科技的桂冠诗人"。他在《书架的故事》这本书中,融合科学与人文两重视角来研究书架,从西方的卷轴书、手抄书、印刷书一路谈来,穿越从古至今的各大图书馆、书店以及私人书房,细致地勾勒出书架演变的过程,同时也描绘了不同时期人类的阅读行为。

西方早期的书都写在卷纸或卷轴上，被称为"书卷"。读毕"书卷"，人们就用绳子把它系好装入套子内。当书多了，书套或盒子存放不下时，书架就被发明了。书架分成许多小格子，卷轴平放在格子之中。后来，装订的手抄书出现了，它们与卷轴书一起平放在书格里显得不太协调，于是书架上出现了门，这时的书架有点类似箱子。书放在箱子里虽然便于保存，但取阅不便。有人想出新办法，把书靠紧竖放在书箱里，取阅就方便多了。后来书箱立起来，变成了书橱。书橱会遮挡光线，阅读仍然不便。到了中世纪，用来摆放书的又长又宽的读书台出现了，书都平放其上。那时的书封都是用木板制作的，往往在封面或封底上拴根链条，另一头连在读书台上，既可以确保书不放错位置，也可以防止书被人拿走。读书台有单面的、双面的，有坐式的、站式的，还有旋转式的。1588

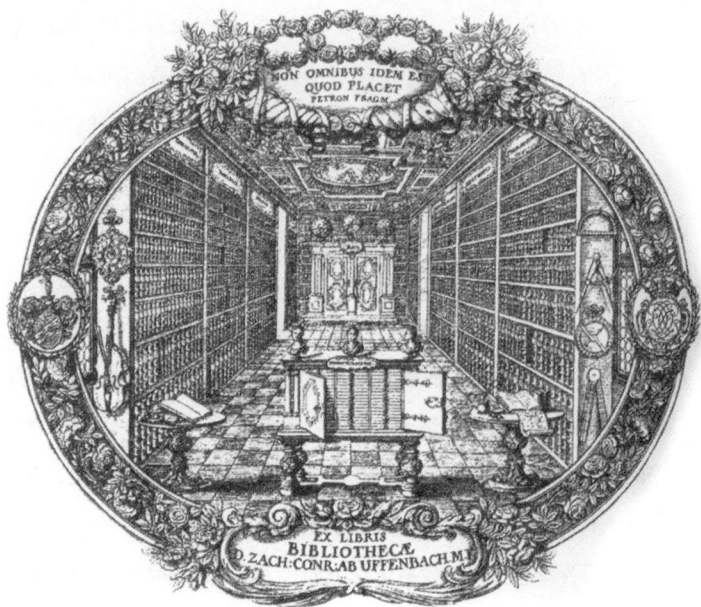

🔖 17 世纪巴洛克风格的藏书室

❖ 中世纪的书架

年,意大利工程师拉姆利在《多种多样的机器》一书中,描绘了一种类似水车的旋转书架。利用这个书架,可以同时看好几本书,但是否实用就不得而知了。据说,直到 1799 年,牛津的马格德林大学仍然保留着链条拴书的传统。印刷术出现后,图书馆的藏书剧增,以读书台的方式存放书变得越来越困难。人们尝试在倾斜的读书台的上方或下方增添一个水平的格架,在这个格架上放书,有的还加上一扇门。到了 17 世纪,书脊上加印书名已经成为习惯,因此当时的书都是书脊朝外放在格架上的,取阅非常方便。现代书架就是由读书台与书橱结合演变而来的。据考证,西方现存最古老的书架是 16 世纪制造的陈列架式平墙格书架,现在收藏于牛津大学的图书馆中。

　　书架的演变经历了数千年,但它的基本形状从诞生到现在却一直没有太大变化。书架主要有两种形式:嵌墙式和独立式。大部分嵌墙式书架都是用实木制成,如红木、樱桃木、枫木、橡木等;独立式书架多数与天花板和地板相连,书架靠在墙上而得到额外的支撑力。设计师们还创造了许多书架样式，如古玩架式、金字塔式、立地旋转式、哥特式壁龛、意大利帕拉弟奥式结构、顶部尖细的塔形书架。这些造型各异的书架，为书房添加了别样韵味，也充分展示着书架主人的情趣。20世纪60年代，哥伦比亚大学建筑师班的弗雷德里克·基斯勒设计过一副十分前卫的书架。这款书架的形状很特别，曲线有如半月形。书的主人在中央，伸直手臂可以取到架上的每一本书。随着主人的藏书越来越多，这个弧形的书架也可伸展变成一个大圆圈。法国设计师萨米·英格曼受到汉字造型启发，设计出"土"字型、"见"字型书架，四平八稳，将汉字之美表现得淋漓尽致。香港的迈克·马克设计过一种"月"字型书架，秀美挺拔的造型让人眼睛为之一亮。有一个叫亨利·克勒·巴诺的编辑十分迷恋书架，他写过一首诗："我有一个书架 / 很多绅士没有的东西 / 书架里没书 / 因为我害怕 / 书使它的外观发生了变化。"他的这种情感与中国古代的那个买椟还珠者有些相似。

❧ 美国藏书票上的书架

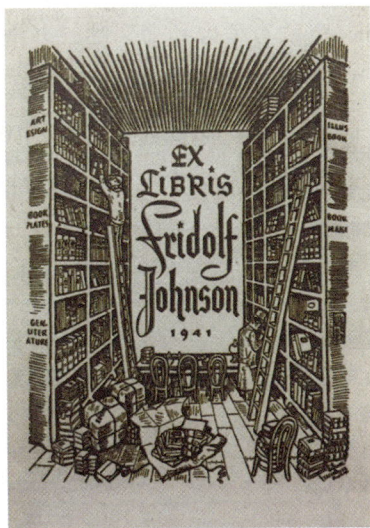

❧ 美国藏书家约翰逊使用的藏书屋

✦ 书架

　　书架放入书房,欢欣之余,烦恼也会随之而生。也许在设计时,并没有考虑到书架摆放书籍到什么程度会下陷。当超厚的书、特大开本的书越来越多时,书架就变得不堪重负或没有存放空间了。要解决这个问题,在设计书架时还真得有点前瞻眼光才行。而且,随着新书一本本如潮涌般抵达书房,怎样在书架上放更多的书呢? 关于这个问题,许多爱书人提供了自己的心得。

　　曾任美国卫斯理大学图书馆馆长的莱德通过对比后指出,将书按不同尺寸分开平放,可以节省图书上架的空间。

　　英国首相威廉·爱华特·格莱斯顿对书架提出三个标准:"经济、排列整齐、用最少的时间就可以取到书。"他反对过分装饰书架,"书架根本就无须装饰,书本身就是装饰品","书要按学科进行分类"。

　　意大利符号学家安伯托·艾柯将书架设计得很宽,前后并排安置书籍,这样就能容纳超过一倍的书了。但是,他又多了寻寻觅觅不见书踪的烦恼。

为了解决书架不堪重负的问题,英国作家缪尔·佩皮斯将藏书数量严格限制在 3 千册,一旦买新书"超标"了,就从书架上的旧书中剔除几本。

图书上架,除了要考虑日后方便找书,自然还得注意视觉上的审美效果,因此也是件颇费思量的事情。台湾著名书人钟芳玲介绍了自己的体会:"我最后归结出自己对书的分类,其实是交错地使用了主题、高度、作者、年代和语文别这几个大原则。书籍的颜色与厚薄也会列入考虑,比方说,我尽量不让同样颜色的书脊靠在一块,如此较容易辨识每一本书。另外,在同一格架上,我通常会把较薄的书往两旁摆,让较厚的书朝中央放。大开本的精装本厚书则采水平方式叠放在最底层。不要问我为什么?就是觉得书这么摆比较顺眼罢了。"

所有的书都在书架上安置妥当了,静坐下来,捧一杯香茗慢慢地品着、浏览着,相信每个人都会生出坐拥书城的感觉,那种满足感就和书架充满图书一样丰盈。英国诗人安德鲁·杨也曾这样打量自己的书架,然后在一首叫作《书的叙事诗》中写道:"这儿站着我的书,一行又一行 / 它们触到了屋顶,一排又一排 / 它们述说着我过去的事 / 我曾做过,但现在却不知道的事……"

这时,一个新的问题也许会浮上脑海——究竟什么是最好的书架呢?最好的书架,其实就是空着的书架——那将有更多空间存放新书……

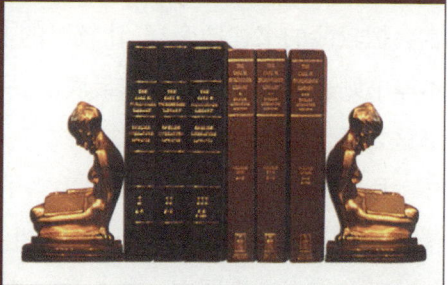

✤ 书挡

躲进小楼成一统
——书与书房

　　伊士珍在《琅嬛记》中讲述了这样一个故事："张华游于洞宫，遇一人引至一处。别是天地，每室各有奇书，华历观诸室书，皆汉以前事，多所未闻者，问其地，曰：'琅嬛福地也。'""琅嬛"是神话中天帝藏书的所在地。这个故事假托神仙梦境，表现了千古读书人的梦想，那就是希望有一间理想的书房。

　　书房，在中国古代也称书斋，是专供阅读、写作的房间。《说文》中解释："斋，洁也。"又曰："夫闲居平心，以养心虑，若于此而斋戒也，故曰斋。"古代读书人认为书房乃修身养性之地，进入其中就如同斋戒一样，须秉一颗虔诚之心。古人读书的理想目标是"修身齐家治国平天下"，书房也就被赋予了更多关乎文化与情操的内蕴。随着时代的发展，书房从居宅中分离出来，形成了相对独立的功能和格局，也逐渐演化成具有丰富内涵的文化符号——精神家园。

　　书房作为居所的一部分，其独特性在于，它往往拥有一个含义隽永的名字。钱锺书先生在《谈艺录·小引》中说："昔人论文说诗之作，多冠以斋室之美名，以志撰述之得地。赏奇采志，两美能并。"据考证，斋号始于魏晋，盛行明清。《山堂肆考》中记载的"盘龙斋"是中国最早的斋号之一。上海古籍出版社出版的《清人室名别称字号索引》，共收书房（斋）名数千个。

　　书房名字的寓意大多与读书求学相关。如，南宋诗人陆游晚年的书屋名"老学庵"，出自"师旷老而学"之典，寓意生命不息，求

❖ 清代的书房

学不止；明朝文学家张溥年幼时酷爱读书，凡要读的书必定亲手抄写，诵读数遍后烧掉，如是反复七次，因此给书房取名"七录斋"；现代诗人闻一多成为教授后，读书治学通宵达旦，很少下楼，书斋名为"何妨一下楼"。也有人在书房的名字中寄寓人生哲学的。如，周作人的书房名为"苦雨斋"：既实指苦于院落雨天积水，也暗喻他的人生理念——他深受佛家思想影响，认定人生本苦，存留世间不过苦住而已。还有人以书房名彰显个性，甚至以戏仿反抗流俗的。如，清代戏剧家李渔才华横溢，不拘小节，寓居北京时，以"贼者居"为书斋命名；鲁迅因被所谓的"正人君子"污蔑为"学匪"，便戏称"绿林大盗"予以回击，给书房命名"绿林书屋"。更有以书房名字表达纪念的。如，明朝文学家归有光将书斋命名"项脊轩"，是为纪念其远祖曾居住在江苏太仓县项脊泾；而现代诗人徐志摩把自己的书房命名为"眉轩"，则与爱情有关。

　　最能凸显书房文化符号意味的还有对联。书房对联多为主人自撰，也有友人所撰，或言志，或抒怀，大都生动隽永，耐人寻味。书房对联中最常见的一类是勉励勤奋苦读的。如，宋代学者张载好学不倦，书斋里有一副自书对联："夜眠人静后，早起鸟啼先"。清代诗人袁枚，手书对联悬挂于书斋中："读书已过五千卷，此墨足支三十年"。近代学人沈钧儒力戒清谈，惜时如金，在书斋高悬一副对联："立志俯存千载想，闲谈无过五分钟"。鲁迅在北京"老虎尾巴"书房西壁挂有一副集屈原《离骚》句联："望崦嵫而勿迫，恐鹈鸠之先鸣。"这与"路曼曼其修远兮，吾将上下而求索"有异曲同工之妙。书房对联还有一类是书写爱书情怀的。如，纪昀"阅微草堂"书斋的对联是"浮沉宦海为鸥鸟，生死书丛似蠹鱼"，寥寥数语，写出了他的两种生存状态，略带调侃，但爱书之情溢于言表。更有借书房对联表达闲情雅致的。如，康有为的"读万卷书，赋万首诗，算称名士；供一瓶花，留一窗月，如对美人"，一派名士风度。清代书法家、篆刻家邓石如的书斋联是一副别开生面的长联："沧海日，赤城霞，峨眉雪，巫峡云，洞庭月，彭蠡烟，潇湘雨，武彝峰，庐山瀑布，合宇宙奇观，绘吾斋壁；少陵诗，摩诘画，左传文，马迁史，薛涛笺，右军帖，南华经，相如赋，屈子离骚，收古今绝艺，置我山窗"。此联气势磅礴，内涵丰富，生动地表现了主人的性情与趣味。

古人还常常把书房的构筑当成一门艺术，总是希望借此建构一方书香浓浓的精神空间。

书房之外一般有庭园，或种植梅兰竹菊，好鸟嘤嘤；或装点奇石异峰，流水潺潺。绿萝如云，芳香氤氲。总之，以营造幽静美丽的氛围为主旨。明代计成的《园冶》认为，修筑书房应该选择在园林的偏僻处，让外人不能轻易发现，但是又要通过曲径、游廊等等与园中各处自然相通。高濂的《书斋说》则总结了中国古代书房的"范式"：书房宜明朗，清净，不可太宽敞。明净，使人心情舒畅，神气清爽，太宽敞会损伤目力。斋中宜设长桌一张，放置古砚、水注、笔格、笔筒、笔洗、糊斗、水中丞、镇纸等物。墙壁上挂古琴一把，画一幅；墙壁上合适处还可挂一壁瓶，用以四季插花。中间放长条木几一张，旁置炉、花瓶、匙箸瓶、香盒。座椅则可摆笋凳、禅椅，旁边置拂尘、搔背、棕帚、如意。室左边支小木床一张，床头摆小几，上置插瓶以鲜花散布香气，或置蒲石收集晨露。室右边设书架，架上陈列书、帖。窗外四壁满布藤萝，院内种芸香草；门左侧放洗砚池，右侧置水缸，养锦鲤五七条。这个"范式"充分彰显了中国古代"天人合一"的哲学观念。"天"即"自然"。因此，古代的书房在理念、建造、布局和装饰上，处处都考虑到人与自然的和谐相处。

书房不过区区斗室，可是在读书人的心中，却可以思接千载，视通万里，俯瞰天地，怀想古今，蕴含着万千气象。唐代诗人刘禹锡虽只有一间简陋的书房，但"斯是陋室，惟吾德馨。苔痕上阶绿，草色入帘青。谈笑有鸿儒，往来无白丁。可以调素琴，阅金经，无丝竹之乱耳，无案牍之劳形"。一篇《陋室铭》，写活了千古读书人充满超越性的书房生活。社会现实有太多的羁绊，总是让人性备受压制。好在还有书房，读书人可以"躲进小楼成一统"。在这个自由的精神领地里，人之天性可以尽情释放，读诗作文，神思飘逸，怡然自得。郑板桥曾自述在镇江焦山别峰庵读书的情形："当旭日初吐，野露尚滋，暑气未浓之际，蓬头跣足，走自竹榻，轻披敞衣，独凭山窗，展卷读杜少陵《秋兴》诗，字字寻味，句句咀嚼，如啖冰瓜雪藕，心肺生凉。一日之中，暑氛如何毒烈，不能侵我半点也。前人屡言夏日山居如何之乐，今日尝之，可喜无量！"美景逸性，自由而快乐的阅读状态羡慕煞人！

西方的书房与中国古代的书斋差异甚大。除了建造和装饰风格不同，文化理念上更是有着天壤之别。中国读书人对于书房的态度是审美化的，书房就像一个感性的文化综合体；而西方人则

✤ 美国藏书家比尔·布拉斯的书房

✤ 中国台湾作家张大春的书房

是理性化的,书房是具有内省性的"家"。蒙田说:"这里是我的王国,我致力于让我成为此间完全的统治者,让这个角落脱离任何社会形式的约束,不论是夫妻、子女或社交关系。在其他的地方,我仅有口头上的权威,以及混乱的本质。在我心目中,人如果没有一个属于自己的、只属于自己高兴就好,又可以避开其他人的家,那真是可怜。"伍尔芙则强调它是"一间自己的屋子,其他人都不能进入,允许女人在其中思索、喘息、休憩,不被无关的人与事所干扰,属于自己;一间自己的屋子,怂恿了孤独,解放了智慧;一间自己的屋子,纯粹、安静、独裁。"在这个特殊的"屋子"里,女性是自己的主人,表现出对男性中心主义的反抗。

由于时代的急剧变化,中国的书房文化受到涤荡,古风逐渐委顿。但是现代性观念的引入,也给现代文人的书房注入了清风。周作人堪称现代文人的代表,他在北平八道湾的书房,原名"苦雨斋",后改为"苦茶庵",保留着传统书斋的味道。这是典型的北平平房,书房占据了里院三间上房,两明一暗。里面一间是读书写作之处,窗明几净,一尘不染;书桌上文房四宝井然有序。外面两间是书库,十来个书架立在中间,中西图书兼备,日文书数量最多。书斋名乃是沈尹默手书。周作人就在这里咀嚼人生和社会,为中国现代文学的发展推波助澜。

但是要论书房之美,宋春舫的"褐木庐"当推第一。这座书房矗立在青岛的一座小山上,周遭环境清幽,只有鸟语花香,没有尘嚣打扰。据说"褐木庐"是西方三位戏剧大师姓名首字母的音译,"褐"为高乃依,"木"为莫里哀,"庐"为拉辛。"褐木庐"藏书近万册,包括表演术、伶人回忆、舞台建筑、戏剧史等诸多种类,书籍来源遍及世界各地,其中珍本甚多。所有的图书都放在玻璃柜里,有些还是小牛皮装订,烫金的字在书脊上熠熠生辉。藏书中最引人注目的当数那册 1932 年编就精印的书目《褐木庐藏剧目》,它使

✦ 奥地利心理学家弗洛伊德在伦敦的书房

得这间书房已经近于藏书楼的性质了。

当代读书人最羡慕的恐怕要数金庸那间 200 多平方米的大书房了。书房的一整面是落地玻璃,面朝大海,其他墙面镶着书架,架上都是整套整套的百科全书和文史哲著作。读书之余,抬眼就可眺望蓝天碧海,沙鸥翱翔,轻舟飞驰,真是快意人生。

更多读书人的书房都是狭小而显凌乱的。学者刘梦溪的书房很平常,书架是固定在墙上的,没有安装玻璃门,取用书籍十分方便。有人说这样不利于保护书,他却回答:我只用书,不藏书。季羡林看到这张书房照片,说了几点:梦溪的书真不少;梦溪的书房乱而有序;用书时梦溪怎样从书架上拿呀?

当代作家和收藏家钟鸣的书房有四间,各自的功能像书库一样划分得清清楚楚,分别储存摄影和古文字类、翻译小说等等,放

❧ 英国历史学家阿利斯泰尔·霍尔的书房

诗集的位置最为隐秘，是天台上的一间没有窗户的黑屋子。他是20世纪80年代颇为活跃的诗人之一，虽然已经退出了"江湖"，但是"诗心"一直未改，只是搁置到了隐秘的书房里。

　　学者江晓原说过："在今天的中国，大部分人还没有书房；再缩小一点范围，在中国的读书人中，恐怕大部分也还没有书房——我说的是真正意义上的书房……如果只是在书房中读书、写作，并不足以赋予一间书房以生命。"怎样才能让书房拥有生命呢？显然，读书人若只把书房当作工具箱或操作台，那就好比没有爱情的婚姻，无法真正让书房焕发光彩。书房的生命活力是靠主人激发的，它需要主人用理性去烛照，用激情去点燃。一个人只有真正与书相爱了，与书的呼吸融为一体了，那么他的书房也就拥有了生命。

早在1000年前，一个名叫约旦·阿塞·提伯恩的犹太人，给他的儿子写了一篇文章，把书房比喻为花园。他这样写到："避开无益的社会，让书做你的伴侣，让书橱和书架成为你的快乐花园。手摘书籍的果实，收集玫瑰和香料，如果你的灵魂在此处饱足了，那么就从一个花园步入另一个花园，从一个沟畦步入另一个沟畦，从一片风景步入另一片风景，你的欲望会自我净化，你的灵魂将获得多方面的快乐。"

愿天下更多的读书人能拥有书房，也愿读书人有更多的时间待在书房里。

美国设计师沃夫森设计的饭厅与书房的组合

一座城市的光芒
——书与书店

有一本叫作《书店》的书,封面上印着这样一句话:我的理想是在一个小镇上开一家书店。翻到封底,上面却印着另一句话:可是,那个小镇并不需要一家书店……对于一个读书人来说,读到这样的句子都会感到伤感和无奈。的确,它说出了当下的一个事实:随着商业化大潮的冲击和互联网的普及,实体书店正在飞快地减少,逛书店的人也越来越少了。作为书籍传播中介的书店,已由中心走向边缘,正在逐渐丧失它的文化影响力。这些年,中外许多有影响的书店纷纷倒闭或者转向网络经营,可以视为这种转变的注脚。

尽管如此,世界上仍然有一些书店,沐浴时代的风雨而屹立不倒,积淀了深厚的文化内蕴,成为爱书人心中的地标,至今依然散发着迷人的魅力。作家克里斯多夫·莫利说过:"我心中的书店像一座发电厂,放射出真与美的光芒。"其实,一间好的书店,不仅是发电厂,更是一座城市的光芒。著名书人王强就切身感受到书店的神奇力量,他在《在那书的丛林里》一文中写道:"我穿行在它们有时狭窄昏暗、有时宽敞亮堂的过道里。不,那可不是普普通通的过道,那是它们无言搏动的血脉。我也就被挟持在它们血脉静默而有力的涌流中。在我毫无察觉的时候,它们推助着我,把我带到我想到或根本没想到,甚至压根儿不想到的地方……"

闻名全球的"高谈书集"书店位于纽约曼哈顿第五与第六大道间的四十七街。书店外高悬了一块招牌,上书"智者在此垂钓"

19 世纪早期巴黎的书店

（Wise Men Fish Here），在这个充满商业气息的大道上显得十分另类。《纽约时报杂志》在列举"101 种理由爱上纽约"时，将它与林肯艺术中心、华尔街等举世闻名的人文景观并列。这家书店藏书 25 万册，以文学、艺术、电影、戏剧、哲学等人文类的新旧书籍为主，另有数千种小型刊物和绝版书，因而吸引了许多前卫艺术家、作家和演员。这些人的名字足以汇编成一部"20 世纪的文化百科全书"。书店创始人芬妮曾经打工多年，在 1920 年她 32 岁时，将所有的积蓄购买了 175 本书，租下一间小店面成立了"高谈书集"。"高谈"（Cotham）一词为纽约市的别称，另有疯子、傻瓜之意，颇具一语双关的幽默味道。芬妮用"书集"而不用书店，是希望淡化商业色彩，凸显文化内蕴。在比较保守的 20 世纪二三十年代，芬妮还大胆地出售当时的禁书，如《北回归线》《尤利西斯》《查泰莱夫人的情人》《金瓶梅》等等，开一时风气之先。除此之外，芬妮还常常借钱给作家们出版作品，出书后又大量收购并举办庆祝会，即使是少人问津的诗歌和剧本也在店中陈列，因而吸引了大量文化人的光顾。芬妮在 80 岁时，正式把"高谈"出让给别人经营。她依然住在书店的三楼，每天午后下楼到店中帮一阵子忙，直到 102 岁时去世，可谓一生与书为伍。

巴黎是世界著名的文化之都，读书人去那里可以不看埃菲尔铁塔，可以不逛香榭舍利大街，但是不能不去一家叫"莎士比亚"的书店。这家书店坐落在离巴黎圣母院不远的一条街上，靠近塞纳河南岸。在 20 世纪三四十年代，与其说"莎士比亚"是一家书店，还不如说它是现代主义文学艺术的大本营，诸如纪德、庞德、艾略特、瓦莱里、海明威、阿拉贡、乔伊斯、安塞尔、斯坦因、费茨杰拉德、艾森斯坦等都是这里的常客……他们来书店中看书、聊天、抽烟、朗诵、写作。书店的主人毕奇不仅组织沙龙活动，还出版新书。她以非凡的眼光发现并推出了当时籍籍无名的乔伊斯的巨著《尤利西斯》以及 D. H. 劳伦斯的《查泰莱夫人的情人》，从而奠定了这家书店在文化界的独特地位。莎士比亚书店既卖书，也借书，这

❧ 19 世纪初伦敦的书店

是毕奇的一大创造。在书店的二楼,放置着一张床和一部打字机,可以供作家驻店写作。1936年,因为经济萧条,书店经营困难,毕奇曾考虑关门歇业。纪德得知后立即号召200个朋友,每人出200法郎充当会费,帮书店渡过难关。作家们轮流到书店朗读他们尚未出版的作品,吸引了许多读者,书店逐渐恢复元气。海明威也是书店的常客,并与毕奇结下深厚友谊。二战爆发,德军入城,毕奇因拒绝将书卖给纳粹军官,被送入集中营。巴黎光复前,毕奇出狱了。1944年8月26日,一辆吉普车停在书店门口,海明威冲下来一把抱住了毕奇并热吻她。海明威问她还有什么需要做,毕奇就请他帮助解决仍在剧院街屋顶上放冷枪的纳粹狙击手。海明威立即招呼几个士兵上楼干掉了纳粹狙击手,然后说他接下来要去解放丽池饭店的酒窖,挥手绝尘而去。不久,巴黎光复了。但是,心灰意冷的毕奇没有再把书店经营下去。20年后,她把这个传奇的名字交托给乔治·惠特曼——据说是美国著名诗人惠特曼的后裔。惠特曼也是个极具头脑的文化商人,他接手后将书店经营得有声有色,算是没有辜负毕奇的心愿。像"莎士比亚"这样以伟大读者的传奇而闻名的书店,在整个世界书业史上恐怕找不到第二家了。

　　1953年,美国诗人费林盖蒂和彼得·马丁在旧金山开设了全美第一家专门出售平装书的"城市之光"书店,书名来源于查理·卓别林的电影《城市之光》。那时,"垮掉的一代"文化运动方兴未艾,费林盖蒂也热情投入其中。"城市之光"书店下属的出版社在1956年出版了艾伦·金斯堡的诗集《嚎叫》。随后,又推出杰克·凯鲁亚克、威廉·巴勒斯、尼尔·卡塞迪等人的代表作,掀起"垮掉的一代"文化运动高潮。费林盖蒂从一开始就为书店树立了独立、反叛和反主流文化的姿态,在书界独树一帜。1957年,费林盖蒂因出版《嚎叫》被当局逮捕。最终,法官出人意料地宣布他无罪释放,理由是《嚎叫》一书"具有一定的社会意义"。这一历史性判决还使得

1 伦敦查令十字街上的书店
2 日本神保町书街
3 巴黎塞纳河边的旧书摊
4 纽约"高谈书集"书店的店招"智者在此垂钓"

D.H.劳伦斯、亨利·米勒以及威廉·巴勒斯等作家的作品在美国解禁。半个世纪以来，"城市之光"书店已经成为先锋文学的圣地。如今，费林盖蒂和他的书店仍在坚守自己的理想，与以大型连锁书店和网上书店为代表的当代图书消费方式苦苦抗争着。费林盖蒂一直坚持一个理念，那就是不一定卖世界上最畅销的书，但一定要卖他们所认为的"本应在世界上最畅销"的书，因此，书店上架的每本图书都是经过精挑细选的。"城市之光"书店作为一个异类能够生存半个多世纪，这至少说明一个道理，在这个世界上，总有人在寻觅和阅读独特、另类的文字和思想。

世界上还有不少著名的书街，那里书店云集，"书虫"涌动，形成特有的文化景观。

法国巴黎塞纳河畔的旧书摊群，因其悠久的历史和巨大的规模而令全世界的爱书人心驰神往。早在 17 世纪，塞纳河边的书摊逐渐形成市场。1857 年已有 68 家书摊，45 家在左岸，23 家在右岸。1865 年达到 75 家，都是流动书摊，书贩携带小书箱在塞纳河

✦ 巴黎的塞纳河南岸莎士比亚书店

❧ 希腊圣托尼里岛上的亚特兰蒂斯书店

岸边摆摊,早出晚归。1892 年增加到 156 家,1900 年达到 200 家。后来,巴黎市政府规定可将书箱架在塞纳河岸的护墙上过夜。1930 年,巴黎市政府又规定,两岸固定书摊架在河岸护墙上的书屋都要有同样的尺寸,统一漆成绿色,俗称"绿色车厢"。为了维持旧书摊的这个"旧"字,市政府还规定 4 个木箱里至少要有 3 个是用于盛放古籍古董,另一个可用来销售旅游纪念品。这里总共约有 30 万种书可供读者挑选,平均每个书摊都有 1000 多本书出售。据说,旧书商的经营之道有 240 多种,他们成立了旧书商会,出版《河岸护墙》简报,还组织颁发"旧书商文学奖"。 这些书商并非一般的商人,他们都是对书籍有着非凡感情的人。在塞纳河边摆书摊时间最长的,已经超过了半个世纪。这些书商和他们的书摊一样,已经成为塞纳河岸边的靓丽风景线。获得诺贝尔文学奖的法国作家法朗士,1844 年出生在塞纳河左岸的一个书商家庭,他在《塞纳河的早晨》中写道:"塞纳河岸的早晨在给景物披上无限温情的淡灰色的清晨,我喜欢从窗口眺望塞纳河和它的两岸……

旧书商把他们的书箱安放在岸边的护墙上。这些善良的精神商人长年累月生活在露天里，任风儿吹拂他们的长衫。经过风雨、霜雪、烟雾和烈日的磨炼，他们变得好像大教堂的古老雕像。"戴望舒求学巴黎时，就经常去塞纳河边逛旧书摊，"你的腿也走乏了，你的眼睛也看倦了……那么你就走上须理桥去，倚着桥栏，俯看那满载着古愁并饱和着圣母祠的钟声的，塞纳河的悠悠的流水，然后在华灯初上之中，闲步缓缓归去，倒也是一个经济而又有诗情的办法。"法国象征主义诗人马拉美说："世界上存在的每一件东西都会结束于一本书内。"塞纳河两岸的书摊本身就是一部书，一部图文并茂的好书。

英国牛津的宽街，是一条举世闻名的书店街。《牛津指南》中这样介绍，"宽街是为蛀书虫准备的一场盛宴"，它已成为牛津的旅游名胜点之一。宽街上的新书店大都宽敞而富丽堂皇，旧书店则狭小而装修古旧。著名的布莱克韦尔书店就坐落在这条街上。书店的墙上挂着一块牌子，上面醒目地写着读者的基本权利:搜索的权利。也就是说,任何读者都可以在这里翻找上好几个小时,然后什么书也不买地扬长而去。这家书店收藏了将近 25 万种图书。据说,世界上就没有他们找不到的书,除非那本书根本不存在。

在日本东京也有一条驰名世界的神田书店街,几十家书店排列在街道的两侧,气势恢宏。旅日学者李长声的《日下书》中专有一章《旧书店风景》介绍神田书店街,并配有多张书店的照片。书街上有一家书店叫内山书店,不知道它与鲁迅先生的朋友内山完造当年开在上海的内山书店有没有什么渊源。

除了书街之外,全世界还有不少规模庞大、书为名片的书镇,其中最典型的要数英国的小镇海伊。

这个建于中世纪的小镇,居民不到 1500 人,却拥有 41 家书店。10 英里长的书架、100 万册图书和 50 万人次的年访问率,使它获得了"世界第一书镇"和"天下旧书之都"的美誉。一个"书"字，就是海伊的全部；古旧书刊散发的特殊气息，终日弥漫在小镇的大街小巷。海伊的书是分等级的，像狄更斯作品的初版或绝版被锁在考究的书柜里，售价大约为每本一万英镑，卖一本登记一本。普通的书则开架出售，任读者自由挑选。城堡街的"电影院书店"是一道独特的景观，当地的旅游指南称之为举世无双的神奇书店。这个书店由电影院改建而成，曾经满布座椅，配有投影银幕，如今却挤满了25万册书籍。店外书柜成排，所有的书都卖50便士。在这些书柜的前面，摆放着一个奇特的玻璃金字塔，模仿的是著名科幻电视连续剧《星际迷航》中的造型，为书店平添了几分超现实的气质。海伊小镇还经常举行拍卖会、文学节和图书节，吸引着世界各地的书商、读书人和旅游者。

对于读书人来说，逛书店有时是一件快乐并痛着的事情。在书店里，可能会因环境嘈杂而心烦意乱，可能因书籍陈列混乱而

英国书镇海伊

❧ 青岛的小城书店

茫然无绪，也可能因为只看不买而遭遇店员的冷脸，有时还可能会因为内急而尴尬不堪。美国著名"书虫"汤姆·拉伯在《嗜书瘾君子》中专门写有一章描绘读书人的理想书店，在这里，读书人乃是真正的上帝。

汤姆·拉伯的理想书店叫作"梦幻书店"。首先是整体环境，"那就是，一个老成的、高雅的、供鸿儒摊销、徜徉、气定神闲地舒卷展页的文化场域"。他还特别谈到地板，"非木质地板不可，每当脚步踩过还会发出几声脆响，声声牵引思古之幽情满室弥漫，所有的书籍一律置于书架——可不是光可鉴人、一尘不染、可随时拆卸的玩意儿，而是巍峨壮丽、顶天立地的木造书架。室内摆设宛如迷宫，每个角落都是一方静谧的小天地。厚实的座椅、沙发散布于各处，妆点出闲适的气氛……墙上悬挂的海报印着名作家扣人心弦的文句……而且，里头应该设置洗手间——毕竟，咱们可是要在里头穷耗一整天呢。"关于书店的货色，"这家梦幻书店肯定有成千上万的书种库存，所有书籍都整整齐齐排在乌沉木书架前缘，经过仔细分门别类的书局全部规规矩矩陈列在各自专属区域，互不混淆，各区皆设宽敞的入口。""销售较慢的书与畅销书双双共享书架空间……我没郑重要求：打从书店开张之日伊始，占总量约三分之一的书籍必须长期无条件留在书架上，即使其中许多书从来无人闻问。""此外，绝对没有半本电脑书。"至于书店从业人员，"完美书店老板开店的目的合该只有一个：与书本相濡以沫、长相左右。恰如爱德华·席尔思所言：(他)虽以社会利益的眼光看来不免有点愚蠢却颇能欣欣自得，然而仍属头脑不清，以致投身鬻书事业。"书店的店员则有"坚毅的韧性""无纵的英明"和"过人的记性"，把每个客人的脾性都摸得一清二楚。完美书店还必须设置旧书区，而且，"旧书区最好能够沉浸在浓得化不开的纸页散发的霉味儿、皮面装帧弥漫的气息里头，那气味最好又浓又重，即使刮台风也吹不散。"在这个越来越浮躁和商业化的时代，像这样的书店，大概只能存在于读书人的梦中了。

其实，书店不在大，有神乃名。任何卑微的事物，都可能因为灵魂与品质的培养、历史与文化的积淀而变得强大。许多书店不过数尺宽的门面，像莎士比亚书店、高谈书集等等，却在读书人心中树起了一座精神的大厦，这座无形的大厦也成了一座城市的文化地标。过去30年来，中国的书店经营者也曾付出过巨大努力，试图营造更多的读书人的精神家园。20世纪90年代，像成都的卡夫卡书店、北京的百荣书城、"思考乐书局"北京分店、席殊书屋、上海的"明君"书店、上海的"左岸"书店都一度被认为是所在城市的文化标志,也是融入了许多读书人个体和群体记忆的所在。但是,这些书店都在苦苦支撑数年之后宣告倒闭,让读书人忍不住一声长叹。我所在的城市武汉,曾经也有几家影响很大的书店,譬如三联书店、席殊书屋、利群书社、枫叶书店,后来在商业化大潮中逐渐消失了;近些年又出现了卓尔书店、文华书城、物外书店、九丘书馆、德芭与彩虹书店、西西弗书店等品位甚高的特色书店,为这个"每天不一样"的城市增添着新的文化内涵。卓尔书店于2013年开业,是武汉首家24小时书店。建筑面积达1万平方米,以人文阅读为主线,汇集书店、美术馆、小剧场、咖啡厅、陶艺馆、画廊等艺术空间为一体。书店经常举办人文讲座和艺术展览,探索书店与读者对话的各种可能,"在这里,再阅读",着意营造出"暖心"的文化空间。物外书店被誉为"武汉最美的书店",室内设计融入了欧式教堂和中式庭院风格。有网友写道:"每一个书架旁,都可俯视一楼全景,每换一个角度,景致全然不同。其实,正在看风景的你,也会变成他人眼中的风景。"经营模式参照的是台湾诚品书店,主要经营人文、社科、艺术类图书,在综合图书区之外,还设有美食餐饮、文创生活产品、艺文展演、体验工坊、儿童阅读五大功能区,满足读者多层面的需求。书店当然首先是商业活动的场所,但是,一家书店要想成为一座精神的大厦和城市灵魂的象征,除了需要经历时间的淘洗,更需要文化的铸炼,中国的书店目前在这两个方面都还多有欠缺。

随着互联网的飞速发展,人与书的相处方式,人与人的交往方式都将发生超乎我们想象的变化。在将来,像这样温馨的场景也许只能在回忆中存在了——两个喜欢读书的人相约:某日某时,我在某某书店等你!

✤ 武汉的西西弗书店

武汉的九丘书馆

鬼魂游荡的所在
——书与图书馆

　　每个读书人的脑海里都会有一幅图书馆的形象,那个形象似真似幻,神秘莫测——图书馆里密布着一列一列的书架,就像一片没有边际的丛林;书架上密密麻麻挤满了图书,仿佛遮天蔽日的树叶。在这样的森林里,常常连风也失踪了,剩下的只有寂静,寂静得仿佛可以听见阳光移动脚步的声音。偶尔走过一个读者,嗒嗒的脚步声被放大了,越发衬托出环境的宁静……这时,如果侧耳聆听,似乎有巨大的和声在书架之间回荡。这个和声里有低吟,有自语,有交锋,有激辩,还有呐喊……那么,到底是谁在说话?

　　博尔赫斯说:图书馆是个充满鬼魂的地方。爱默生说:图书馆是个魔法洞窟,里面住满了死人,是因为我们进去,才将他们从酣睡中唤醒。图书馆就是这样一个所在,它通过书籍这个特殊的载体收纳了流逝的时光,传承着人类的文明,为后世的精神漫游者提供着与先贤进行灵魂交流的平台。

　　在遥远的时代,随着人类精神活动的物化,图书馆诞生了。考古学家曾在伊拉克巴格达南部尼普尔的一个寺庙废墟附近发现了许多刻有楔形文字的泥板文献,这是迄今人们所知最早的图书馆遗迹,离现在大约有 5000 年。中国最早的图书馆创建于周朝。根据《史记》记载,老子曾任周朝的"守藏室之史",班固的《汉书·艺文志》也说,老子做柱下史,博览古今典籍。可见,老子当时担任的就是图书馆馆长一职。

图书馆自它诞生之日起,就被认为是与灵魂有关的特殊场所。古埃及国王拉美西斯二世在首都底比斯建立了一座图书馆,该馆的入口处立着一块石碑,上面刻着"拯救灵魂之处"。

早期图书馆的主要功能就是储藏书籍。那时的图书馆要么为私人拥有,要么为教会所设,一般不向公众开放。到了文艺复兴时期,佛罗伦萨共和国的统治者美地奇和他的孙子都是人文主义的热心倡导者。这个家族搜集到大批珍贵古代抄本,建立了美地奇图书馆,后来又建立了罗伦佐图书馆,1571 年正式向公众开放,所藏书籍和手稿总计 3000 种。他们邀请艺术大师米开朗琪罗精心设计了馆舍并进行内部装饰。大阅览室采用传统的中世纪建筑风格,中央通道两侧各摆 44 张阅览桌,每桌放置二三十册书,通常都用铁链系着,书目贴于书桌一端。美地奇家族开启了图书馆的流通功能,至此,具有现代意义的图书馆诞生了。

目前,世界上的图书馆主要分为私人图书馆和公共图书馆两类。沐浴着历史的风风雨雨,许多著名的图书馆都湮灭了,但是仍然有一些图书馆就像明珠一样,镶嵌在古老的乡村或者现代大都市里,无论是其建筑设计还是馆藏内容,都让爱书人为之惊艳。

在风景如画的瑞士,有一座圣加仑修道院图书馆,被称为"世界上最美丽的图书馆"。这里珍藏着许多世界上最古老的书籍,包括最早绘制于羊皮上的建筑设计图手稿。在 10 万多本藏书中,约有 2000 本珍贵的中世纪手写本。如今这里早已不是修道院了,它以精美的建筑和珍贵的藏书而被评为世界文化遗产。还有一座著名的修道院图书馆——梅尔克修道院图书馆耸立在奥地利瓦豪地区。它是由著名建筑艺术大师雅格布·普兰陶尔设计建造的,堪称巴洛克式建筑的杰作。图书馆的天顶上是保尔·特罗格绘制的壁画,金碧辉煌,美轮美奂,让人油然而生神圣感。馆内藏书 9 万余册,多为古籍珍本。这里真有一间"黄金书屋",不过,只有当地

✤ 大英图书馆庭院

✤ 大英图书馆大厅

❧ 大英图书馆内的图书雕塑

❧ 大英图书馆里的国王图书室

人才能进入图书馆阅读藏书。

每个国家都有自己的国家图书馆。如著名的大英图书馆,最初只是大英博物馆的一个部门。直到 1998 年,新的大英图书馆才在伦敦市中心北部的国王十字车站旁边落成。远远看去,它就像一艘红色的大轮船停泊在闹市中间,寓意在知识的海洋里遨游。最能体现大英图书馆悠久历史的是位于大厅中央的国王藏书室,通高 6 层的玻璃和黑铜构架后面整整齐齐排列着漂亮的精装书籍。这里存放的是乔治三世一生收藏的珍贵图书,所有书的书脊都朝外摆放着,看上去就像精美的装置艺术品。大英图书馆的藏品大约有 1.5 亿件,来自世界各大洲,几乎涵盖了人类知识的各个领域。图书馆大厅入口处立着一个告示牌,上面写着:"假如你每天阅读 5 件,你需要 8 万年时间读完目前的所有藏品……上述藏品需要 625 公里长的书架,每日还要增加 8.8 米……"法国国家图书馆位于巴黎的塞纳河畔,四座玻璃塔楼远远看去宛如四本张开的书籍,分别叫时间之塔(存放历史、社会科学、人类学资料)、法律之塔(存放法律、经济、哲学资料)、数字之塔(存放科学技术资料)和文学之塔(存放文学艺术类资料)。塔楼群中间是一片面积达 1.2 万平方米的公园,种有来自诺曼底森林的杉树、桦树和橡树。公园寓意伊甸园,象征着智慧。

葡萄牙的科英布拉大学图书馆在众多著名的大学图书馆中显得独树一帜。它是欧洲最古老的图书馆之一,已经有 700 多年的历史,属于典型的巴洛克式建筑。屋顶将近 5 米高,分为上下两层,采用拱状结构。馆内用各式挂毯和瓷砖画装饰,内容为宗教、战争和历史故事,气魄宏大,色彩典雅。图书馆分设多个小馆,每个馆陈列不同主题的书籍。比较特别的是,馆内的图书如今只能作为展品观赏,真要想阅读的话,只能去新馆找复制本。

图书馆为读书人所钟爱,主要在于它能提供各种各样的书给

奥地利国家图书馆

🔸 法国国家图书馆　　　　🔸 捷克的斯特拉霍夫修道院神学图书馆

人阅读。但是，也有书痴认为，图书馆就是用来储藏宝贝的——里面的书不能随便对外人开放。

艾柯的小说《玫瑰的名义》里的图书馆馆长说，书是很脆弱的东西，时间会使它腐朽，老鼠会啃噬它，地、水、火、风四行会腐蚀它，笨拙的手也会侵害它。假如几百年来每个人都可随意翻阅馆中的古籍，恐怕这些书本大部分都已不存在了。因此，图书管理员的职责就是保护书籍，不仅不能随便借给人看，还要防范天灾。

英国的超级书痴包德林爵士捐建了牛津大学的包德林图书馆。他虽然也极其爱惜书库里的宝贝，但是比艾柯笔下的图书馆长还是要开明一些。包德林只是规定，图书馆里"严禁一切人为照明"，因为那会损害图书。图书馆天花板上的每块镶板上都写着"神是吾光"。可惜，在阴晦的天气里，这些光辉的文字对于在馆内看书的人却帮不上多大的忙……

瑞士的圣加仑修道院图书馆

意大利锡耶纳大教堂内的乐谱图书馆

伦敦国王学院图书馆

美国国会图书馆

图书馆因为负载着人类的精神生活,与图书馆有关的文字总是显得有些严肃甚至沉闷。网络时代盛行无厘头搞笑,图书馆也开始变得"轻松"了。

有这样一个笑话:在一个招聘会上,高校图书馆的"馆花"绕着豪华图书馆的模型不停摆姿势,现身说法,吸引女研究生们到图书馆去工作。有人问:您的胸部曲线怎么那么优美?她答:天天举书上架练的。又问:您的双腿怎么那么修长?答:天天找书跑库跑的。又问:您的腰肢怎么那么纤细?答:天天从高处取书抻的。又问:您的气色怎么那么滋润?答:看多了爱读书的帅小伙,也被他们看多了⋯⋯倘若真有这样"色艺俱佳"的"馆花",不知道图书馆的门槛会不会被踩塌?爱默生所说的那些"鬼魂",大约永远不得安生了!

著名的图书馆作家博尔赫斯曾在《天赋之诗》里这样写到:"我,总是在暗暗设想 / 天堂,是图书馆的模样。"的确,在图书馆中,每一个真正的读书人都会发现自己的"天堂"⋯⋯

第三辑　与书结缘

对于个人而言，"阅读史"记载着自己与书本相识、相知、相恋，直至携手终老的过程。在这个漫长的阅读过程中，阅读者时时会在书中发现新的自己，会留下一路惊喜。

爱书成癖"疯雅"士
——说书痴

　　美国诗人拉尔夫·贝根格伦写过一首诗,以儿童的口吻活灵活现地描绘了一个"书痴"的形象:"我爹老是买书买不厌;/娘说他的书房看起来/简直活像一爿旧书店/层层书架叠得又高又满/遮住墙面壁纸瞧不见/古籍旧书堆得到处都是/桌上、窗边、桌椅里头/连地板上也全都是书/······/有一回,我问他为何要买/那么多书,他说:为何不?/我左思右想实在猜不透。"在生活中,陷身书林的书痴们正如这首诗中所写的一样,的确像异类,不被人们理解。

　　痴,在汉语中有多种释义:一是不聪慧,迟钝;二是疯癫,癫狂;三是持久不止;四是天真。用"书痴"这个词来指代好书成癖、沉迷书海的人,实在是古人充满智慧的发明。沉醉于书中不能自拔的人,倒还真符合"痴"的各种定义。这类人专注于书籍,心无旁骛,对书外之物显得十分迟钝,往往被人视为呆傻;因为爱书太甚,用情太深,他们在行为上总与常人相异,往往被人讽刺为"脑子有问题"、疯疯癫癫;因为对书籍一往情深,能够保持恒久的热情,所以不会轻易移情别恋;因为心思单纯不染尘埃,多有真性情,言谈举止常常露出一派天真。真正的书痴,其实是很可爱的。中国人对于书痴有一些戏称,如书库、书簏、书癫、书橱、书种、书淫等等。《汉书·文学传下·刘峻》载:"峻好学,家贫,寄人庑下,自课读书,常燎麻炬,从夕达旦······清河崔慰祖谓之书淫。"五代刘兼《昼寝》诗云:"花落青苔锦数重,书淫不觉避春慵。"言外之意,多有调侃。

🔱 哈萨克斯坦画家波兰巴耶夫创作的漫画

西方对于书痴也有一些有趣的称呼,如英文中的 aesthete(书呆子)、biblioklept(书贼)、bibliolater(书籍崇拜者)、bibliomaina(集书狂)、bookworm(读书迷、书呆子)、book louse(尤指书蠹)、death-watch(尤指书蠹)等等。从词语的构成来看,多有搞笑色彩。

书痴形形色色,性情各不相同。尽管痴迷的程度不一,但他们多多少少都有或令人称奇,或令人喷饭,或令人感慨的惊人表现。综合一些资料,可以初略总结出这样几类书痴:

书呆子型:现代作家朱自清读书成瘾。就在他结婚当天,洞房里张灯结彩,亲朋好友都来贺喜。等到迎亲的花轿快到家时,大家竟然到处找不到新郎。原来他在书房里看书入了迷,竟然忘记了结婚的事。就连新娘也比不过书的吸引力,可见朱自清的痴劲儿非同一般。卡尔维诺的小说《书痴》里,也写过一位爱书的青年。他一边和女友调情,一边忙里偷闲翻书看。两人拥抱着倒在气垫上了,他仍不忘抽出一只手来,夹一张书签在书里,心里说:待会再看时,还得翻来覆去地找看到哪一页了,真是让人讨厌。幸亏他的女友不懂"心语",否则一定会跳起来穿上衣服走人。

温柔型:安妮·法迪曼在《书趣》中讲述了一个书痴朋友克拉克的故事。他每天不到太阳落山,绝不许妻子打开百叶窗,为的是防止紫外线使书籍褪色。他喜欢的书都会买两本,一本阅读,一本收藏。有一回,丈母娘来他家做客,从书架上拿下了一本书。克拉克便悄悄跟踪她,从一个房间转悠到另一个房间,生怕她对书做出过分的举动,比如说,将书反扣在桌上,将书页折叠起来。

疯狂型:有个叫米多的副主教是西方藏书史上著名的书痴。有一年,他到下议院接受资格审核,会议中途突然不见了人影。原来他突发书瘾,溜上街去买了 372 部《圣经》善本,用马车运回家去了。晚年他穷困潦倒,只好靠拍卖藏书维持生计。眼睁睁看着自己千辛万苦收集的书就要离去,他痛苦万分,竟然跑到场外去换了一身行头,加入了竞买自己藏书的行列。这实在是让人瞠目结舌。法国藏书家布拉尔生前疯狂购书,不仅书架上,连柜子里都塞满了书。家里的房间装不下书了,他就另外买了六栋房子储书。自己究竟有多少藏书,他始终也没闹清楚。后来有人估计,总数大约在六十万本到八十万本之间。这么多书,光是数一遍,不知道要花多少时间,更遑论去读了。多明盖兹的小说《纸房子》中的主人公布劳尔藏书两万册,家里每个房间都摆满了从地板直抵天花板的大书橱。他干脆把卧房也让给了书,自己住在附带小盥洗室的阁楼上。为了保证浴室里的书干燥,他一年四季都不洗热水澡;为了把车库腾出来放书,他干脆把车子送了人……这个家伙,确实"病"入膏肓。

理性型:鲁迅在《读书杂谈》中谈过读书这种嗜好:"现在再讲嗜好的读书罢。那是出于自愿,全不勉强,离开了利害关系

1775 年约书亚·雷诺兹创作的约翰逊博士读书画像，被人到处复制，人称《地道的山姆》

的。——我想，嗜好的读书，该如爱打牌的一样，天天打，夜夜打，连续的去打，有时被公安局捉去了，放出来之后还是打。诸君要知道真打牌的人的目的并不在赢钱，而在有趣。……我想，凡嗜好的读书，能够手不释卷的原因也就是这样。"张静庐也爱书成癖，他说："所谓爱，并不是想将它珍藏在柚木的玻璃书柜里，而是买来看，看了就随便放在枕边、案头或书架上。无论它是怎样好的书，定价怎样贵的书，想看它就要买回来，朋友借给我看的我不要，图书馆有的我也不去，一定要出钱将它买回来才愿意看它。有时候看不下去，或明明晓得没时间再看它，还要花一笔钱去买回来，翻看一下目录，就抛在枕边，到记起时再去翻一下。"郑振铎在欧洲留学时发誓要逛遍各大图书馆。他几乎翻遍了法国国家图书馆收藏的中国戏曲、小说善本，当他看到敦煌抄本《太子五更转》时，激动得双手颤抖，眼泪都快流下来了；大英图书馆当时不允许抄录复制，他阅读敦煌石窟的经传善本，总是默记一段，再到吸烟室记录下来，就这样抄录了许多珍贵古籍。这三位书痴对书的态度算是比较理性的了。

俭朴型：还有一类人省吃俭用，有钱首先往书店里送。法国"书虫"格里耶一套衣服穿了整整 20 年也不换，就是为了省钱买书。神学家伊拉斯谟和他堪称同类，因为他也说："吾一旦得金乃先购书，若尚有余，方添衫若干。"

恋物癖型：福楼拜在《恋书狂》中写道："他爱书的气味、书的形状、书的标题。/他爱手抄本，是爱手抄本陈旧无法辨识的日期。/抄本里怪疑难解的歌德体书写字。/还有手抄本插图旁繁复烫金的镶边。/他爱的是盖满灰尘的书页——他欢喜地嗅出那甜美而温柔的香。"对书如此倾情投入，明显有些不正常了。法国作家法朗士也认为，爱书不能只用眼睛，必须用手，也就是必须要有身体的接触：只有在抚摩书时有陶醉感的人，才能感受到书带来

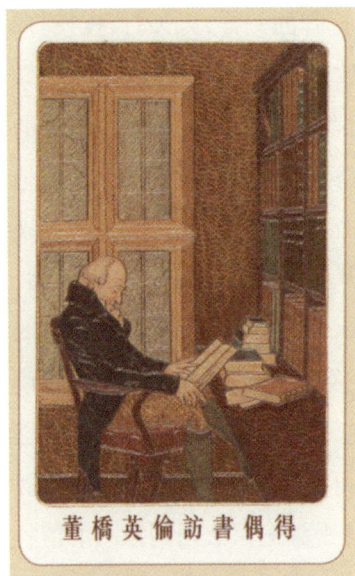

EX－LIBRIS

❧ 董桥收藏的读书油画　　　　❧ "书痴"范用的藏书票

的幸福。美国藏书家贝雷斯称,他拿起心仪的书时,身体都会有反应,就像是和书在进行精神交流,"你必须和书同床共枕,和书生活在一起","你必须摆弄书,不要怕和它们有亲密接触。"美国费城的书商罗森巴博士也说,与书相交的满足感大过"出于爱欲的肢体接触"。更极端的是台湾作家陈苍多,据他自述,看到好书会有生理反应——情不自禁地勃起。因书而引发生理反应,这是不是近似恋物癖了呢?

潇洒型:《世说新语》中记载:七月七艳阳天,郝隆祖露着大肚子躺在院子里。人们问他:"你在干吗?"他答:"晒书。"这家伙应该算是古代最潇洒不羁的书痴了。

柏拉图型:弘一法师临终前给弟子交代后事,说开追悼会、建塔之类的事都不要做,就印两千册《四分律比丘戒相表记》。他的遗嘱考虑得非常细致:"以一千册,叫佛学书局流通,每册经手流通费五分。以五百册,赠与上海北四川路底内山书店存贮,以后随意赠与日本诸居士。以五百册分赠同人。此书印资,请质平居士募集,并作跋语,附印书后。仍由中华书局石印,乞与印刷主任徐曜堃居士接洽,一切照前式,惟装订改良 ······ 此书可为余出家以后最大之著作,故宜流通,以为纪念也。"经历了"悲欣交集"的大法师可以放下一切,但就是放不下那一分书缘。

视书如命型:清代才女钱绣芸生于书香世家, 自幼酷爱诗书。 宁波府有座著名的藏书楼——天一阁,一般不对外人开放。钱绣芸渴望能进天一阁读书,于是就央求身为知府的姑父丘铁卿做媒,希望嫁到范家,其实她内心想的是能"嫁给书"。后来,她真的嫁给了范天顺。 洞房花烛夜,钱绣芸对丈夫说:"我要进天一阁读书。"范天顺呆了半晌才道:"我做不了主的,要进阁得经过各房一致同意。"他还介绍了严格的族规,女人根本不可能入阁看书,这使得钱绣芸无比失望。后来,钱绣芸思书成疾,缠绵病榻。范天顺几次乞求族人同意她入阁看书,可始终未获同意。钱绣芸不由悲叹:"我为嫁书人笑痴,冰雪葬奴有谁知。"弥留之际,她喃喃叹道:"我看见天一阁了,好多的书啊······"痴心爱书,以青春和生命作为代价,古今罕见!

从本质上说,书痴爱书,是将书对象化了。惠特曼写过一首《有一个小孩外出》的诗,可谓非常形象的注解:"他注视着第一个物体 / 然后变成那物体 / 物体也称为他的部分 / 在当天或当天的某个时辰 / 或在延续多年的反复循环中"书痴视书就如"孩子"看到的"物体",当他沉浸其中时,已然物我两忘了。人书交融,哪里还分得清彼此呢?

书痴爱书就如同瘾君子吸毒,发展到一定程度,就会嗜书成瘾,变成"爱书狂"。有个叫唐玛斯·弗洛奈尔·狄布丁的人研究了"爱书狂"的病症,发现了一些规律。他说,一个人如果刻意搜求以

比利时画家麦绥莱勒制作的藏书票　　芬格斯坦创作的"书坟"藏书票

下八类书,那他就是"狂魔"缠身了:一、精印本(限量本、豪华本等);二、未裁本(毛边本);三、插画本;四、孤本;五、皮纸精印本(羊皮纸等);六、初版本;七、特殊版本(错版书等);八、黑体字本(西书古本书中的珍本)。后来,又有人补充了一些"症状",如:作者签赠本、媒体评审本、名家眉批本、稿本、大家递藏本、遭禁本、护封完好本、大字本……《嗜书瘾君子》一书中也总结了三条:一、对于目前正在阅读中的书的描述语焉不详,给人的感觉是好像读过,其实都是泛泛而谈。二、对待书籍的态度:不在意天长地久,只在乎曾经拥有。三、看书看得飞快。如果三者皆备,病入膏肓无疑。那么,同样都是痴迷于书,一般的书痴与爱书狂有什么区别呢? 一般的书痴秉持纯良的心性, 对书乃是一种理性的发自内心的爱;爱书狂也对书充满深情,但是包含着强烈的占有欲。对于一般的书痴而言,购买书籍往往目的性较强,会选择自己感兴趣的主题、作家来收罗;对于爱书狂而言,购买书籍漫无目标,往往挖空心思搜寻稀罕宝贝、另类读物。一般的书痴购书都会仔细选购,然后认真阅读,希望从书中获得知识与智慧;而爱书狂则不分青红皂白,批发似的一堆一堆往家里搬书,只在乎书的数量多寡,而根本不会去细细品读。一般的书痴欣赏书的装帧之美,更在意书的内容是否精彩;爱书狂则对书籍的外观耿耿于怀,至于内容则不大关心。对于一般的书痴来说,书籍是人类智慧的结晶,应该用来分享、交流;对于爱书狂来说,书籍是他的私藏,是其他人不能觊觎的奇珍异宝。

台湾的一位精神科主治医生陈嘉新写过一篇《温和的疯狂》,从心理学的角度对"爱书狂"进行了研究。他认为,"爱书狂"其实就是"恋书癖",乃是一种心理疾病。"恋书癖"的性兴奋和性满足当然不只是生理层面的冲动,更多的是心理层面的表现。当他们拥有一本书后,会产生类似高潮过后的幸福安适感。"有人喜欢新鲜货,喜欢看着铜版纸上印着色层清晰的图片,像是少女娇嫩欲滴的脸庞;有人喜欢二手货,喜欢在泛黄的书页上看到千人留下的标记或画线,像是熟女历尽沧桑、阅人无数的成熟风韵。"只有当他们占有了之后,才会产生彻底的满足感。

爱书成痴乃"疯雅"之士,爱书成癖则成"疯狂"之人了。倘若一不小心成了"爱书狂",不妨尝试用以下方法治疗:

一、忍痛割爱法:以顽强的意志控制自己不逛书店,不看书讯,每天只待在书房里读书,熬过最初的心瘾,就会慢慢回归理性了。二、移情别恋法:去抽烟、喝酒,或者上网聊天、打游戏,只要不吸毒,干点啥都行,就是不要想书。三、引狼入室法:找个讨厌书的人结婚,日日河东狮吼,估计也不敢去买书了;天天忧心书被卖给废品站,哪还有心情去逛书店呢。四、买到手软法:采用厌恶疗法,疯狂购书,买到囊中空空、生计有虞,买到两眼发黑、双手发软,接连这般疯狂几回,相信再看见书店就会心生怯意,怎么也迈不动腿了。

♣ 西方流传甚广的一幅关于书痴的漫画

撮合书与人相爱
——说书商

三百六十行,贩书乃其一。书商就像个媒婆,撮合着书与读者的姻缘,为读书人带来了许多便利和快乐。可以毫不夸张地说,书商乃是人类精神生活的桥梁之一,其重要性不可漠视。在读书人眼中,书商往往是可爱的。美国诗人尤金·菲尔德以调侃的口吻这样写他熟识的书商——他花许多时间在书店角落"与对开本、四开本和其他古籍旧书镇日厮混;终至一开口全是黑体字,长相渐似皮面精装古本那般质朴、迷人"。

通常说来,一个人选择做书商,肯定是对书怀有感情的。而一个优秀的书商,必然是从书堆里浸淫出来的,多半也是条大书虫。欧洲著名的书商兼藏书家皮埃·贝瑞每天要读 2~5 本书目,看 10~20 册书,有时甚至一天要浏览 2000~20000 册的书。他说:"一个爱书的人,就必须当个真正的'爱人'。你得和书睡在一起,和书生活在一起。你必须亲手处理书,你绝不能害怕和书发生亲密的关系。"他还把贩书生活比作与美女交往,"那就是真实的人生,你朝那个美女望过去,你朝她微笑,确保不吃闭门羹。然后你必须谦卑,然后你必须鼓起勇气,然后你绝不能在接下去的事情上犹豫不决。"唯有如此,才算一个真正的书商。中国的著名书商孙殿起一辈子贩卖旧书,精通版本之学,著有《贩书偶记》及续编,为学人所重,从而跻身古书专家之列。1958 年他得了重病,时常陷入昏迷。家人见他不时把手臂伸出被子外,手指作管状挥动,就问他是什么意思。他答道:"我在写稿啊!"一天夜晚,家人拿来一册旧书

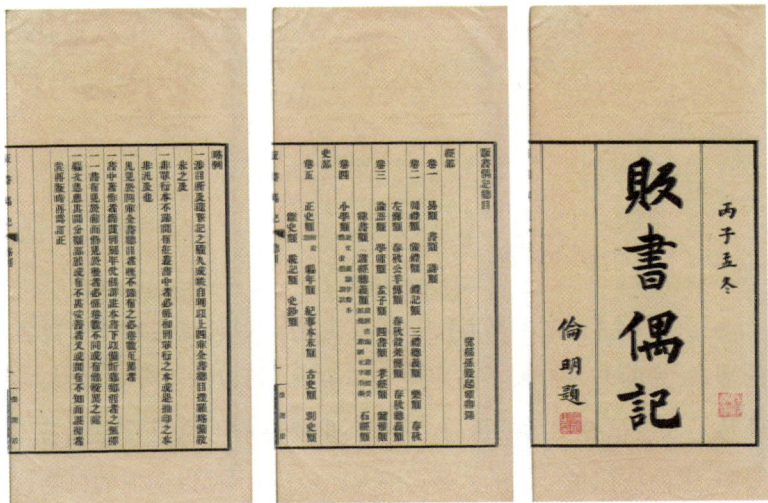

🔹 孙殿起著《贩书偶记》

凑到他眼前，想试试他神志是否仍然清醒。孙殿起瞟了一眼，说：
"《明夷待访录》。"又问作者是谁，他答："黄宗羲。"这时候，他的舌
根已经僵硬，但仍吐字清晰，眼中射出精光。弥留之际尚爱书如
此，不禁让人潸然。

比起皮埃·贝瑞和孙殿起的一片深情，英国书商理查德·布斯
更胜一筹。因为爱书成癖，"意乱情迷"，他竟作出了一番惊世骇俗
的行为，自封为书商中的"国王"。

在英国英格兰与南威尔士交界处，有一个建于中世纪的叫海
伊的小镇。40多年前，海伊还是个无名的贫穷小镇。当地有一位名
叫理查德·布斯的年轻人，他爱书如命，从14岁起就迷恋藏书。
1961年，他从牛津大学毕业后放弃了在伦敦金融机构待遇优厚的
工作，返回家乡开起了书店。当时，他鼓动家乡的父老乡亲说：旧
书能繁荣小镇经济，让大家脱贫致富。海伊人竟然相信了他的话，
纷纷和他一起贩卖旧书。40多年来，一座又一座"书山"从世界各

地搬到了海伊。如今,近 40 家书店,10 英里长的书架,数百万册的图书,每年都吸引着 50 多万游客前来淘书。这个小镇被誉为"图书王国""天下旧书之都"和"国际书镇"。布斯是个常有奇思妙想的人,为了书镇的发展,他曾使出一个绝招。1977 年愚人节,布斯即兴宣布小镇独立,自封为"海伊国国王",成立"内阁",还发表了所谓的《自治宣言》,并用一种大米制作的可以食用的纸印制了"海伊国纸币",还设计了海伊国的护照和邮票……布斯"国王"还颁布了一系列任命,小镇上的农民获得了诸如苏格兰事务大臣、威尔士事务大臣、外交大臣,甚至陆军元帅、海军司令之类的头衔。海伊的"独立",让全世界的媒体免费为它宣传了一回,从此名扬天下。据说,"国王"一直恪守职责,每年定期举行各种仪式,任命和罢免官员、下诏书、封爵位和庆祝传统节日。他不仅创造了世界第一图书镇的神话,他还将书镇运动推广到世界。如今,法国、德国、瑞典、美国都刮起了"书镇"风潮,成立了四十多个类似的书镇。布斯说过,旧书生意利润微薄,远不如经销新书,他之所以贩卖旧书,根本原因在于他追求返璞归真的生活哲学。他抵制现代商业模式,厌恶工业文明,希望能回到靠双手谋生的本真状态。他认为,劳动、喝酒、相爱、读书,生活本来就应该如此简单…… 布斯贩书显然达到了一个新境界,那就是将谋生的手段升华为一种生活态度和人生哲学。

书商在更多的时候还是把图书当作一种商品,目的是赚取利润。但是也有一些书商超越了商业目的,把贩书、出书当作一种造福人类的事业来做,终成一代出版大家。俄国的绥青,就是其中的杰出代表。

绥青只读过三年书,14 岁时从乡下来到莫斯科,到一家书店帮工,由此进入出版业。他勤奋好学,很快就成了书店的骨干。他主持经营小石印厂,印的图画十分畅销;他指导写手们将普希金、

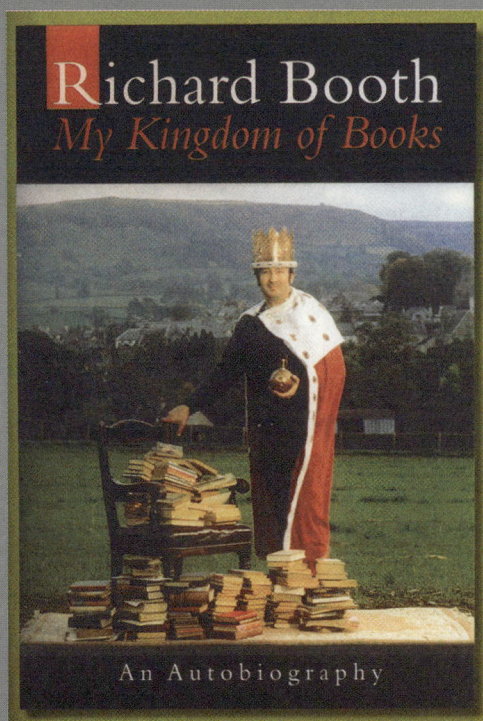

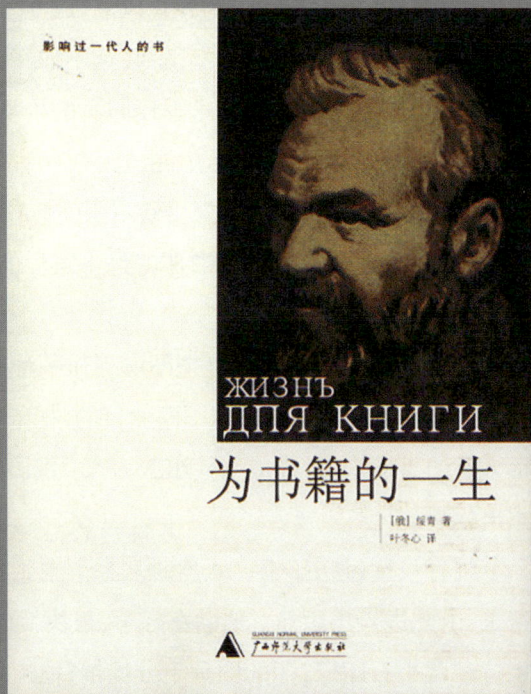

影响过一代人的书

ЖИЗНЪ
ДПЯ КНИГИ

为书籍的一生

[俄] 绥青 著

叶冬心 译

果戈理的小说改编为通俗故事出版,广受欢迎。1883年,他个人的书店开张,并于同年组建了"绥青图书出版股份公司"。他总结图书经营的成功之道有两条:"它们是非常有趣的","它们是非常便宜的"。后来因为一个偶然的原因,绥青结识了列夫·托尔斯泰,并在图书编辑、印刷和销售过程中得到他的许多指导。绥青还和契诃夫、高尔基成了好朋友。在与这些伟大作家交往的过程中,他渐渐认识到出版不仅是"生意",更是"文化";书铺不仅是要为"读者"服务,更要为"平民"服务。他发现市场上缺乏优秀的适合农民阅读的读物,便向列夫·托尔斯泰请教,编印了内容新颖、实用性强的历书,每年销量达600多万册,对于文化普及和思想启蒙起到了不可估量的作用。绥青开始将出版业当作自己的信仰和理想,以一种宗教徒般的热情投入其中。他说:"在我的一生中,我不但过去相信,现在仍然相信有一种力量可以帮助我克服生活中一切困难:我相信俄国教育的将来,相信俄国人,相信光明和知识的力量。"他改革儿童读物,翻译经典童话低价销售,使许多穷人的孩子也买得起;他还组织编纂标准的课本,推动学校教育革新;他还出版直观教具,出版杂志和报纸……据1914年的统计数字,绥青公司出版的图书占当年全俄所有出版物的四分之一以上。高尔基高度评价他出版的书是"对俄国社会的重大贡献";人们则称他为"书的友人""文字的传播者","他给人们敞开了通向书籍的大门"。

绥青的人生梦想和追求十分简单,就是"要让人民有买得起、看得懂的、思想健康和内容有益的书。要使书变成农民的朋友,变成跟他们接近的东西","把昂贵的书的售价减低,把廉价的书的质量提高"。就是这个单纯而伟大的梦想,加上持之以恒的努力,使得一个优秀的书商成为世界出版史上的大家。

在一些文学作品中,书商往往是知识和智慧的象征。茨威格

♣ 李小光创作的藏书票《租》

在《旧书商门德尔》中塑造了一个旧书商的形象，具有典型意义，引人深思。

门德尔痴迷于旧书，而且虔诚得像个信徒，每每拿到珍本，他会为自己的手不干净而生愧意；看到书有缺页或虫蛀，他会惊叫，感到异常痛苦。门德尔读书时非常专注：一块烧红的煤炭自火炉中掉出，木地板烧焦了，白烟直冒，两步之外的他竟然全无察觉。多亏旁边的人发现险情，及时赶过来扑灭。"他读起书来就像信徒在祈祷，赌徒在赌博，醉酒的人麻木地望着空荡荡处发愣。"他记忆力惊人，只要听到有人询问某课题论著的出版情况，他"左眼略闭一秒种,仿佛射击手正对准目标瞄准",很快就能一口气报出两三百种书名,还有每种书的出版地、时间和价格。他就像"两条腿的百科词典或者包罗万象的图书目录"。他似乎只为书而活着,"他不抽烟,不赌博,甚至可以说他并没有活着——只有镜片后面那双眼睛活着,它们不间断地孜孜不倦地用词汇、书名、人名供养他那奇特难解的大脑。"第一次世界大战爆发后,他稀里糊涂地发信到敌国去询问书事,结果被怀疑为间谍,遭逮捕入狱。当他熬过两年刑期出狱后,整个人完全萎顿了,头发花白,两眼总是失神地望着前方。他身上肮脏不堪,常常无精打采地趴在旧书上打瞌睡。他还多次偷吃小咖啡店的面包,总是被赶出门外。他最后一次出现在小咖啡店门前时,人们呵斥他,他竟吓得连手中唯一的一本旧书也来不及拿走,便惊恐而羞愧地离去。当天夜里,他倒在街头死去。

这个故事的背景是第一次世界大战,门德尔遭遇的苦难,象征着战争对文化的蹂躏;门德尔的死亡,暗喻了人类精神的沧桑。细细地品味这部篇幅不长的作品,我们还能读出许多关于人的存在价值的深刻思索。茨威格写道:"天文学家每夜一个人在自己的观象台上透过望远镜小小的圆孔观测星空,观察群星神秘运行的轨道,它们纷繁交织,变幻不停,时而熄灭继而重又辉耀于苍穹;同样的,雅可布·门德尔坐在格鲁克咖啡馆的方桌旁,透过眼镜观察着另一个世界,书的世界——也是永恒运转和变化再生着的世界,观察着这个在我们的世界之上的世界。"门德尔其实是个智者,旧书就是他的宇宙。他无视人世间的各种喧嚣,全神贯注地用心去建构一个属于自己的世界,并沉浸其中、自得其乐。茨威格通过小说中的"我"表达了对这个旧书商的赞美之情:从他身上,"我当年作为一个年轻人第一次认识到了什么叫全神贯注,正是它造就出艺术家、学问家、真正的明哲和地道的狂人,看到了完完全全的沉醉造成的悲剧式的幸福和厄运。"

　　在如今这个以追逐利润为唯一目标的时代，还有多少像这样沉醉的书商呢？又有多少人能沉醉于用心去创造一个宇宙呢？

天下至乐在书案
——说读书

在这个越来越实用主义的时代,真正沉醉于阅读的人,确乎是越来越少了。所以,台湾诗人痖弦在《寂寞》中感叹:"一队队的书籍们 / 从书斋里跳出来 / 抖一抖身上的灰尘 / 自己吟哦给自己听起来了。"这些"书籍"显然多是"无用"之书,故而不被青睐,只能寂寞自语。事实上,忙于阅读的人向来不少,或为升学,或为考证,或为求职,焚膏继晷,孜孜不倦,当然,也头晕脑涨、苦不堪言……像这样怀有强烈功利性的阅读,已经成为社会常态,却距离阅读的本意越来越遥远。

阅读,本来是人生一大乐事。杜威有言,读书是一种探险,如探索新大陆,如征服新土地;法朗士也说过,读书是"灵魂的壮游",尺幅之间可见山川名胜、幽谷奇花;薄伽丘甚至说,他在书堆中,享受到了世界上"任何君王都无法感受过的无与伦比的快乐";欧阳修则由衷地发出感慨,"至哉天下乐,终日在书案"。

那么,怎样才能从阅读中获得"至乐"呢?

李清照与赵明诚为读书人树立了一个"读乐"的范本。易安居士在《金石录》后序中生动叙述过他们夫妇的读书生活:"余性偶强记,每饭罢坐归来堂,烹茶指堆积书史,言某事在某书某卷第几页第几行,以中否决胜负,为食茶先后。中即举杯大笑,至茶倾覆怀中,反不得饮而起,甘心老是乡矣!故虽处忧患困穷,而志不屈……收藏既富,于是几案罗列,枕席狼藉,意会心谋,目往神授,乐在声色犬马之上。"享受这样的精神愉悦,需要性情相投、声息相通,更需要深厚的文化修养。

知堂老人曾以吸纸烟来比喻读书的乐趣,谓自己的读书"大抵只当作纸烟,聊以遣时日而已。"又发挥说,"余不能吸纸烟,常见人家耽吸,若甚有滋味,心甚羡之而无可如何,则姑以闲书代之。无可看时亦往往无聊赖,有似失瘾,故买书之费不能节省……"读书成瘾,个中乐趣难为外人道也。至少,这样的阅读不是苦读,乃是发自内心的需要。倘若总是读着辛苦,一定会厌之弃之,哪里还会上瘾?

林语堂认为"真正的读书"才是快乐的,"一句话说,兴味到时,拿起书本来就读,这才叫作真正的读书,这才不失读书之本意"。他还描绘了"乐读"的佳境,"或在暮春之夕,与你们的爱人,携手同行,共到野外读离骚经,或在风雪之夜,靠炉围坐,佳茗一壶,淡巴菰一盒,哲学、经济、诗文、史籍十数本狼藉横陈于沙发之上,然后随意所之,取而读之,这才得了读书的兴味。"这样的阅读是超越了功利性的,正如蒙田晚年所言:"我读书纯粹只为自娱,不为获得什么。"

善于享受读书乐趣的人,会根据时令、环境来选择书籍,感兴于中,并由字里行间读出人世的种种乐趣。张恨水在《读书百宜录》这样描绘个中真味:

"秋窗日午,小院无人,抱膝独坐,聊嫌枯寂,宜读庄子秋水篇。菊花满前,案有旨酒,开怀爽饮,了元尘念,宜读陶渊明诗。黄昏日落,负手庭院。得此余暇,绮怀万物,宜读花间诸集。大雪漫天,炉灯小坐,人缩如猬,豪气欲销,宜读水浒传林冲走雪一篇。偶然失意,颇感懊恼,徘徊斗室,若有所悟,即宜拂几焚香,静坐稍息,徐读楞严经。银灯灿烂,画阁春温,细君含睇,穿针夜话,宜高声朗诵,为伊读西厢记。月明如画,清霜行天,秋夜迢迢,良多客感,宜读盛唐诸子一唱三叹之诗。蔷薇架下,蜂蝶乱飞,正在青春,谁能不醉,宜细读红楼梦。冗于琐务,数日不暇,摆脱归来,俗尘满

✤ 梵高创作的《阿尔勒城妇人》

❧ 马蒂斯创作的《三位女性》

❧ 亚历山大·亚利山塔诺维奇·杰伊涅卡创作的《读书的少女》

襟,宜读史记项羽本纪及游侠列传。淡日临窗,茶烟绕案,瓶花未
谢,尚有余香,宜读六朝小品……"

　　阅读的最高境界应该是书人交融,陶然忘机。宋末遗民翁森
在《四时读书乐·冬》中这样写道:"地炉茶鼎烹活火,四壁图书中
有我。"书中有我,我中有书,怡然不知孰是书孰是人了。林语堂读
李白诗集,也有类似的感受:"青莲诗集厚,久读人困卧。本是枕诗
眠,醒来诗枕我。"

　　陈继儒把读书当作"享人间清福","未有过于此也"。他还在《小
窗幽记》中指出"乐读"的三个基本条件,"人有书可读,有暇可读,有
资能读"。诚如斯言,没有一定经济实力,就不能随性购书;没有相对

154

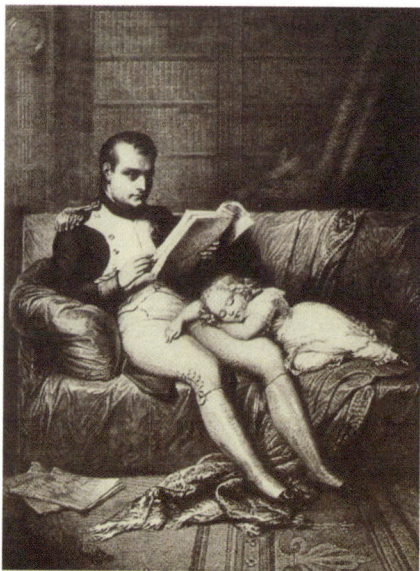

1 拿破仑在马车上摆了个书架随时阅读
2 雷诺兹绘《约翰逊读书图》
3 阿根廷国家图书馆馆长博尔赫斯与书

1 | 2

3

🌸 雅典街头的读书涂鸦画

宽裕的时间,整日为生计蝇营狗苟,自然也无法静心读书;读书需要悟性,如果缺乏天资,那由书中所获的乐趣也会大打折扣。

　　要想享受读书的快乐,还必须善于读书。袁枚说过,"读书如吃饭,善吃者长精神,不善吃者生痴瘤。"台湾著名书人郝名义编过一本叫《阅读的狩猎》的书,把阅读比喻为狩猎,把善于读书的人比作好猎手。这本书提供了"好猎手"《修炼指南》:作为一个新手猎人,首先要避开图书排行榜的陷阱,学会去书店的角落里搜索。商业时代的图书排行榜,上榜的新书并非都是值得去读的。叔本华说起当代人爱读毫无价值的新书就充满怒火:"平凡的作者缩写的东西,像苍蝇似的,每天产出来,一般人只因为它们是油墨未干的新书而爱读之,真是愚不可及的事情……其中那些每日出版的通俗读物尤为狡猾,能使人浪费宝贵的光阴,无暇读真正有益于修养的作品。"

✦ 英国行为艺术家艾敏在美国大峡谷"读书"

　　找到目标以后，最好每个主题的书积累 50 本——没有读完也不要紧，至少开阔了视野。书读多了就像练习射箭，熟能生巧，天长日久自然就练出百步穿杨、张弓即中的本领。要想成为一个好猎手，还必须"不怕走错路"。走了几回歧路，就积累了识路的经验。所以阅读中不要怕读到没有价值的书，台湾著名书人唐诺就说过，"买错书应该作为阅读找书的前提"。当然，倘若买了错书，读过几页几章发现味道不对，应该当机立断弃之。

　　最高境界的"猎手"是不会单纯专注于阅读本身的，他还会将书本与现实结合，从而提升自己享受快感的能力。古人说："读万卷书，行千里路。"清代学者顾炎武就是一个典型。他用一头骡子载书，交换着骑两匹马———一边行走天涯，一边博览群书，如此二十多年乐在其中，终于写成《肇域志》《天下郡国利病书》以及读书笔记《日知录》。要真正读出书中的真味，更需要将人生的经验融入其中。台湾诗人、《人间副刊》的主编杨泽说过："其实读书是为了了解人生，但是人生比书大很多。年轻的时候以为没有书就无法了解人生。后来才发现，如果不认识人生，你其实看不懂书。"

一个人的阅读历史，其实就是一部心灵成长史。弗吉尼亚·伍尔夫说："如果将一个人阅读《哈姆雷特》的感受逐年记录下来，将最终汇成一部自传。"对于个人而言，"阅读史"记载着自己与书本相识、相知、相恋，直至携手终老的过程。在这个漫长的阅读过程中，阅读者时时会在书中发现新的自己，会留下一路惊喜。

阅读之乐的最高境界甚至可能与阅读本身无关。

作家冯骥才写过一篇《摸书》的散文，讲述了一位名叫莫拉的老妇人嗜书如命的故事。莫拉对作家说："世界上所有的一切都在书里。"又说："我收藏了4000多本书，每天晚上必须用眼扫一遍，才肯关灯睡觉。"她常常情不自禁地"摸书"，"摸一摸就很美、很满足了。"她已去世的丈夫是个"书虫"，终日待在书房里，除了读书之外，便是把那些书搬来搬去，翻一翻、看一看、摸一摸。莫拉藏书及摸书的嗜好，很大程度上是受到丈夫的影响。她幸福地回忆，"他像醉汉泡在酒缸里，那才叫真醉了呢!"

因书而醉，这是怎样的快乐呢？

弗朗索瓦·布歇创作的《蓬巴度夫人》

借书一痴还也痴
——说借书

　　读书人大概都有过借书的经历。因为视野和财力所限,一个人不可能把天下好书尽收囊中。因此,常常会向别人借书,或从图书馆借书。当然,自己的书也会被别人借阅。借书,这个看似简单的行为,可无论是借入还是借出,都让古今读书人百般纠结,因而生出许多有趣故事。

　　中国古代的不少文人幼年家贫,都是靠借书来读。《西京杂记》记载:"匡衡勤学,邑人大姓,又不识字,家富多书。乃与客作,不求其价。主人怪而问之,衡曰:'愿得主人,遍读之。'"这就是著名的"佣身读书"的故事,匡衡后来成为著名学者。明代学者宋濂在《送东阳马生序》中记述了自己幼年借书抄录的情景:"余幼时即嗜书,家贫,无以致书观,每假借于藏书之家,亲自笔录,计日以还……不敢稍逾约,以致人多以书借余,余因得观群书。"清代诗人袁枚也有这样的经历,他在《黄生借书说》中说:"余幼时好书,家贫难致。有张氏藏书甚富,往借不与,归而形诸梦。"这些借书故事,励志之外,总让人品出几分生活的苦涩。

　　借书是一种普遍现象,但是怕人借书也是读书人的普遍心结。

　　清代藏书家叶德辉曾在书房中写上纸条"书与老婆不借",一时传为笑谈。但是,他这种"与书共命"的情感,却表达了古今读书人的共同心声。

　　现代作家、藏书家叶灵凤则说他有"杞人忧天式的神经过敏",怕人借书:"我的心和借出的书之间似乎有一种难舍的恋情存在⋯⋯我相信我失去的书迟早总有一天又可以出现在我的书架上,只是,这神迹几时才产生呢?不动的宗教信念和无神论者的怀疑思想始终在我心头交战着。"

当代作家余秋雨也在他的《藏书忧》中总结过他的"愁借"心态:其一,怕急用的时候遍找不着。其二,怕归还时书籍被弄"熟"弄脏。其三,怕借去后彼此忘掉。在他看来,"这些书曾参加了我的精神构建,失落了他们,我精神领域的一些角落就失去了参证。既有约约绰绰的印象,又空虚飘浮得无可凭依,让人好不烦闷。"他还特别强调"失书和丢钱完全是两回事",个中况味当只有爱书人才能体会。

美国书评家布罗亚德别出心裁地把书比喻成自己的女儿。谈到借书给人的痛楚时,他说:"我对借出去的书,就好像大多数父亲对未婚同居的女儿的感情。"书一旦借出,他食不甘味,寝不能安,只盼着那本书能快快回来,"就像凌晨时等候年少的儿女从不明不白的聚会上归来"。他在另一篇文章中又把书比作"贤妻",无限伤感又满含激愤地说:"一想到那些人把我的书拿去做假日消遣,我心里就难受。我对书有若贤妻,他们却视若荡妇。他们大多滥交无度,喜新厌旧。"

美国剧作家罗杰·罗森布拉特认为"借书的风气有违天性",他在自编自演的独角剧《书痴》中感叹:"由于某些原因,借书的人觉得一旦书到手,书就是他的了。这样就抹杀了借与还之间的记忆和内疚,更糟的是连出借的一方也是这么想。为了面子好看,他可能正儿八经地要借方发誓尽快还书;而借书的人也同样正儿八经回答,如果不按期还书,主会令他眼瞎。但这全是闹着玩的。书一旦离开就一去不复返了。出借的人怕被人认为无礼,绝不开口索还。借书的人呢,也绝口不提此事。"他其实是要告诉人们:最好

❧ 美国画家乔格创作的读书漫画

的选择就是,不要借书给人!

　　宋朝文人邵康节的许多书借出之后再也没有回来,只好无可奈何地写诗表达怀念:"诗狂书更逸,近岁不胜多,大半落天下,未还安乐窝。"

　　尽管"借书一痴,还书一痴"是普遍现象,但是,不少读书人还是愿意把自己的书慷慨借与人共享。

　　金末史学家刘祁在《归潜志》中云:"故今之士大夫,有书多秘之,亦有假而不归者,必援之。余尝鄙之,以为君子惟欲淑诸人,有奇书者当与朋友共之,何至靳藏,独广己之见闻?果如是,亦狭矣。如蔡伯喈之秘《论衡》,亦通人之蔽,非君子所尚,不可法也。"明代学人李如一也说:"天下好书,当与天下读书人共之!古人言匹夫怀璧为有罪,况书之为宝,尤重于尺璧,敢怀之以贾罪乎?"

《晋书范平传》记载:范平藏书颇丰,每遇读书人来借阅,他不仅热情答应,而且为之备办衣食,以示对好学者的敬重。

《曲洧旧闻》中也有个故事,说的是学者宋次道居杭州春明坊时,许多读书人都到他的屋舍旁租房住。因为宋次道为人大方,乐意借书与人,跟他比邻而居借书更加方便。

元好问的《路仲显小传》记载:"路仲显,字伯达,冀州人,家世寒微,其母有贤行,教伯达读书。国初赋学家有类书名《节事》者,新出,价数十金,大家凡有得之者,辄私藏之。因为伯达买此书,撙节衣食,累年而后致。戒伯达言:此书当置学舍中,必使同业者皆得观,少有靳固(吝啬之意),我即焚之矣。"这位贤明的母亲虽然不是藏书家,但是她的慷慨大度令人敬仰。

鲁迅先生遇到青年人向他借书,总是慨然相助。有时,他甚至自己出钱另买一本新的送给对方,原因就是怕书一出门,从此"鱼脱却金钩去,摆头摇尾不再回"。

著名学者赵景深藏书丰富,有借必应,但他要求借书者必须登记。他拿一个中学生用的练习本,一一记下何人何时借何书,一目了然。过一段时间书未还来,或他自己临时要用,就写一封信去催,言词恳切大方。信封下端盖着一个长条蓝色橡皮章,印着他的地址和姓名。

在古代,图书属于稀缺资源,借阅不易。为了感谢主人,人们在归还时往往会附送礼物。何薳的《春渚纪闻》卷二说:"古人借书,先以酒礼通殷勤,借书还书皆用之耳。"《野客丛书》卷十说:"愿公借我藏书目,时送一鸱开锁鱼。"黄庭坚也有"不持两鸱酒,肯假一车书"的诗句。"鸱"是古代的盛酒器,在诗中借指礼物。

既然无法避免出借图书,藏书家为了保住藏书,往往费尽心思。

❧ 英国诗人理查德·霍华德的书架

　　清初藏书家曹溶所订《流通古书约》中规定：凡借人家书，必先带上自己的藏书目录，登门交给书主过目。书主看过以后，如果发现有自己也想看的书，那就约定日期，各人到对方家中去抄录，而且所抄书的数量必须对等。抄完后将抄本带回，原书不准带出门，以防遗失。叶德辉在《藏书十约》中也写道："非有书互抄之友，不轻借抄；非其同志著书之人，不轻借阅……远客来观，一主一宾，一书童相随，仆人不得从入藏书之室。"

更多的人定有"藏书约"。如光绪年间广雅书院山长梁鼎芬立的《丰湖藏书四约》中就有"借书约",规定:"每月以初二、十二、二十二这三日为限,借书者,是日清晨亲到书藏携取,用洁净布巾包好,徒手者不借……借书之期,限以十日……借书不得全帙携取,五本为一部者,许借一本,一本读毕,再借第二本。若一本为部者,许在书籍桌中翻阅,不得借出。"著名的还有《澹生堂藏书约》《古欢社约》《流通古书约》《藏书十约》等等,都为借书立下了十分严格的规定。

《嗜书瘾君子》一书中更是列举了确保借出的书平安归来的"六大战术":1.用铁链把书拴在书架上。2.规定借阅者必须遵守十分严苛且烦琐的借阅手续。3.把自己的名字写在书上。4.在书上标示只有书主人才能识破的密码。5.贴上藏书票。6.自行举办"良心发现周":让借书者主动将之前借走未归还的书不具名缴回。假如逾期不还,爽约者会遭到可怕的诅咒,书中列举了一些骇人的诅咒语:"乔伊斯的《芬尼根守灵》:霸占此书不还,则肝肠寸断、心智疯癫,一如此书行文。""夏洛蒂·勃朗特的《简·爱》:霸占此书者,伯莎·梅森会成为你的亲家母。""任何一部斯蒂芬·金的书:胆敢霸占此书不还,你家小狗会变成惊魂狂犬、你的轿车变成克里斯汀、你的孩子将拥有特异功能,稍一动念把全家烧光光。"

那些借出迟迟未归的书,主人总还是殷殷期待着它的归来。叶灵凤翻译过一首诗,咏叹这种心情:"走失的猫,/虽然迷途了很久,/有一天终于回到家里。/啊!但愿此书具有猫的性格,/可以采取最捷的途径归来。"

借书诚然让人烦恼,但是哲学家克尔凯郭尔却发现了其中的浪漫。他无比欢欣地告诉年轻人:"借书是结交女朋友的好方法!"随着时代的发展,出现了公共图书馆,借书行为发生了根本性的变化。所以,安妮·弗朗索瓦在《闲话读书》中谈到"借书"时说,图

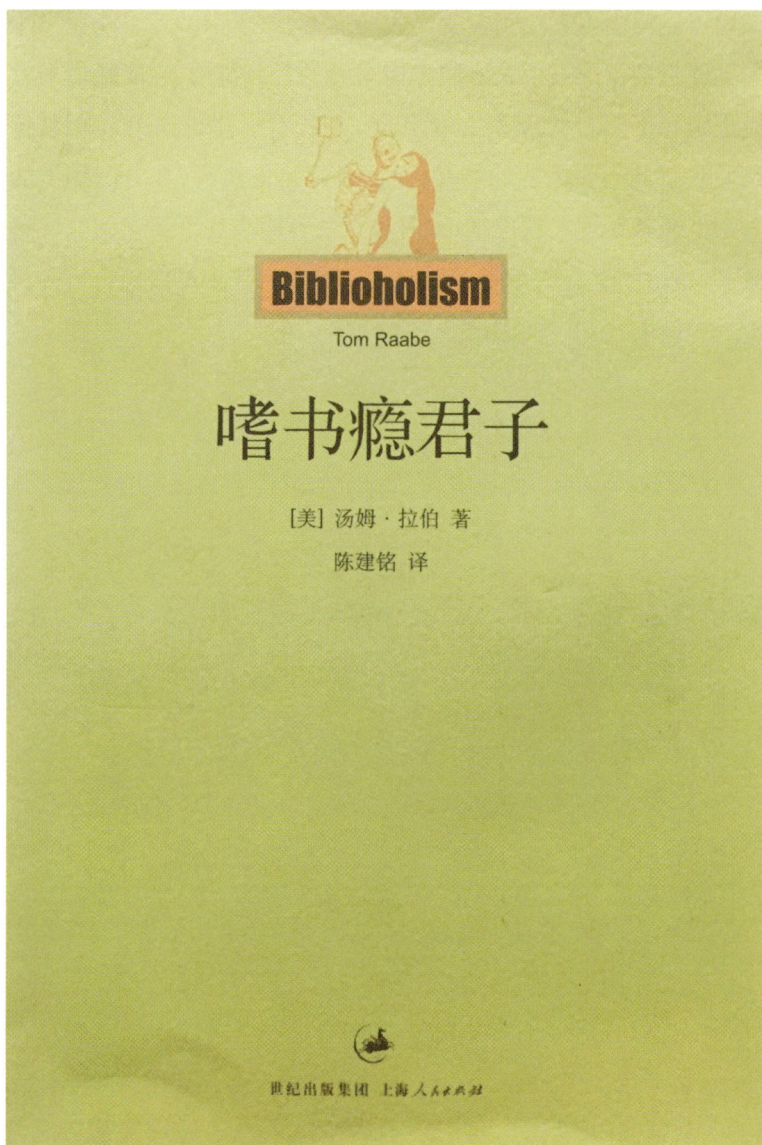

Biblioholism

Tom Raabe

嗜书瘾君子

[美] 汤姆·拉伯 著

陈建铭 译

世纪出版集团 上海人民出版社

❧《嗜书瘾君子》封面

书馆可以使借出者免于蒙受巨大的痛苦,对于借阅者也能免于承受无尽折磨:"图书馆是专门出借书籍的公共机构,它能让借书者免遭施暴于人的恐惧吗?的确如此。在我看来,图书馆里的书就像是明目张胆勾引嫖客的妓女,而读者则是偏执狂,在分门别类的书架上慢条斯理地精挑细选,有种在法官眼皮底下召妓的痛快感觉。"这话固然有些夸张,但是,天下爱书人终于可以长长出一口气——借书、还书都自由了!

黄金散尽为收书
——说藏书

　　人们常常会这样调侃,一个人之所以会变成藏书家,就是因为他买了一大堆永远不会去读的书。德语中有一句俏皮话,说的是:藏书家就是必须戴上白手套才去翻书,而且只看版权页的家伙。美国诗人豪斯曼干脆挖苦说:"藏书家,白痴也。"倒是美国学者艾兰在1920年出版的《淘书家门口》一书中说了几句公道话,他认为喜欢收藏是人性的软肋之一,这点毛病其实与"美德沾点儿边",藏书家纵然有可笑之处,但是他们的内心深处有一种洞察感知的天赋,"这一群人普遍致力于从无用中挖掘价值,并逐渐培养起特殊的技艺和敏锐,使他们能在垃圾堆中准确出手,翻出具备珍贵、稀少潜质的藏品。"被誉为"关于书之书的权威作者"的美国作家尼古拉斯·A.巴斯贝恩专门写了一本《疯雅书中事》,称喜欢藏书者为"疯雅之人"。这个词颇耐人寻味,既指出了读书人行为的疯狂,也道出了这种行为本质上的优雅。

　　中国古代读书人中不乏这样的"疯雅"之士。

　　明代就有人拿一座庄园换了一部《两汉书》,这个"傻子"是当过刑部尚书的著名诗人王世贞。有一次,他遇到书商出售宋代刻的《两汉书》,刻版精良,装帧讲究。王世贞一见倾心,可是书商要价极高,他一下子拿不出这么多钱来,又害怕书被别人买了去。于是他与书商议定,用一座山庄来换这部书。叶炽昌在《藏书纪事诗》中写道,"得一奇书失一庄,团焦尤恋旧青箱",说的就是这个故事。

❧ 本书作者的书房一角

　　清代诗人王士桢年轻时家贫,典衣买书,后来居京为官 30 余年,所得俸禄全部用于购书。年迈归乡时,"惟柴车载书以行"。他自云,"游官三十年,不能以金银遗子孙,惟一屋书耳"。堪称藏书成癖,老而不衰。

　　清代乾嘉年间的陈鳣精于经学,性好藏书,与当时的藏书大家黄丕烈过从甚密。他们之间有关收书的遗闻逸事,亦是"疯雅"。有一回,陈鳣正准备从书商陶氏手上购买稀见的《影宋本周易集解》。黄丕烈也得知了消息,急忙派人前往购买。陈鳣因与陶氏商购在先,就不肯将书让于黄氏。为此,黄丕烈急得病倒了。陈鳣为了朋友,只好让步。黄丕烈买到此书后,顿时病消疾去。后来,晚年的黄氏十分贫困,陈鳣又以 30 金的高价向他商购此书,一方面是资助好友,另一方面也是得偿心愿。为了方便外出访购图书,陈鳣专门备有一条小船,取名"津逮舫"。津逮即由津渡而到达的意思,用以比喻乘船求书,可谓贴切。陈鳣曾获得《淳祐临安志》6卷秘籍,喜不自禁,赋诗曰:"输钱吴市得书夸,道是西施入馆娃。宋室江山存梗概,乡邦风物见繁华。关心志乘亡全帙,屈指收藏又一家。况有会稽泰兴本,赏奇差足慰生涯。"以收藏书籍而慰藉平生,其痴爱的程度可见一般。

与陈鳣交好的吴骞的藏书铭是:"寒可无衣,饥可无食,至于书,不可一日失。"寥寥十六字,道出了书籍对于书痴生活的重要性。就是他,给自己的藏书楼取名"拜经楼"。

清代藏书家瞿中溶在挽悼同道顾抱冲的诗中写有"黄金散尽为收书"。这"散尽"二字看似夸张,却也真实地描绘出了藏书家的"疯狂"。

民国时期,任广州省立图书馆馆长兼岭南大学教授的伦明个人藏书达数百万卷。他对自己的收藏如数家珍,能准确说出某书在某书橱,该书缺某卷某页,甚至于某页缺某字。他出门常常有三五随从相伴,以备随时抄书。他不修边幅,总是衣衫褴褛,书商戏称他为"破伦"。有一次,他听说晋华书局进了新书,赶紧跑去观看,见书目中有《倚声集》一部,便想购买。店员说此书已送到某先生府上去了。得知送书店员刚刚出门,他急忙乘一人力车去追。结果他先跑到那宅院门口,便耐心等着,待那店员一到,便从其手中将书截了下来。

国外的"疯"人也比比皆是。

十九世纪英国藏书家理查德·赫伯,人称"恋书狂之最"。他长期单身,在英国、法国、德国、比利时等地购有八所房子,每所房子里都塞满了书。后来,他动了结婚的念头,求婚的对象是理查森·科勒小姐——当时英国最著名的女藏书家。人们猜测,赫伯之所以求婚是因为他相中了科勒小姐的藏书,以求"人书俱得"。

希特勒也是个超级藏书狂,据他青少年时代的好友奥古斯特·库比策克介绍："书,书,总是书! 我都无法想象没有书的希特勒。书就是他的世界。"据说,希特勒藏书达 6 万册之多,其中 7000 册是有关军事的,1500 册是有关建筑、戏剧、绘画以及雕刻的,还有 1000 册左右的流行小说。很难想象,一个双手沾满犹太人鲜血的家伙,内心中竟然还有如此雅好。

一般说来,收藏图书的目的无非有二,一是研读求知,二是等待增值。为了让自己的藏书更有价值,有的"书虫"做出了一些疯狂之举。西方一个叫道格拉斯的上尉喜好藏书,曾一口气买下几百本《幽默旨要》,为了让自己喜欢的书升值,他留下三本自藏,其余的全部一把火烧掉了。从此,他专等此书的价格攀升。还有一位编年史家把自己的著作《访书十日谈》的木刻插图的版片悉数烧毁,让世人从此翻印无门,已经印出的书自然就物以稀为贵了。

收藏书籍与收藏别的物品一样,就其本质而言,乃是保存记忆的一种方式。在重温这些旧书的时候,爱书人往往会引发怀旧之情。德国图书艺术基金会主席、藏书家卢修斯在《藏书的乐趣》中这样写道："每一件藏品中都有一个世界,那是核桃壳中的世界,或水滴中的世界。很多收藏家都是为情所动,陈年旧物会勾起他们浓浓的怀旧之情。烫金已失去光泽,纸张已泛黄,昔日存书的屋子已不复存在,但屋里的幽香沁入书中,让我们重温了当年读者们发自内心的欢笑、悲泣或惊叹,而这些读者逝去已久,如今已无人记得他们了。"书籍中收藏着光阴,更收藏着读书人的一段段生命历程。

瓦尔特·本雅明认为"藏书的激情则近于回忆的骚动",他在《我清理我的藏书室》中这样分析藏书者的心态："藏书家与他的占有物之间不可思议的关系——这个后面还会提到——在这种关系中,物对于人的价值首先不在于它的功能,也就是它的实用性,而在于人可以将它看成它自己命运的活动舞台,从而研究它,

英国安德鲁公爵的书房

爱护它。最让藏书家陶醉的事情就是把一件件藏品关进禁区,让它们在最后的惊悸——被俘的惊悸——烟消云散之后,呆呆地站在里面发愣,他的一切回忆、思想和意识就是他的财产的基石、底座、框架和锁闩。对于真正的藏书家来说,他的每一件财物的产生年代、产地、工艺和前任主人都能汇集成一部引人入胜的百科全书, 所有这些因素构成的整体就是藏品的命运……重建旧世界——这是藏书家寻求新藏品的最深层的动力。"在他看来,藏书活动是生命意志的一种表现形式,藏书家与其说是在藏书,不如说是在寻找并建构自己的心灵世界。

收藏书的欲望是没有止境的。黄侃就曾在自己的藏书目录册上题了这样一首诗:"稚圭应记为佣日,昭裔难忘发愤时。十载仅收三万卷,何年方免借书痴?"许多藏书家都患有忧郁症,法朗士道出了其中一个病因:他们恨不能把全世界的好书都塞进自己的书柜中去,但是,由于这个梦想不能实现,他们即使拥有了许多好书,也还是在幸福中感受无穷的痛苦。

藏书者的这种心理发展到极致,就会进入人书不分、物我两忘的境界。大英图书馆第一任古籍保存部主任尼古拉斯·巴克说过:"有人问我,'你藏书吗?'我总是说,'不,书藏我。'"

窃书之贼非雅贼
——说窃书

　　要说窃书贼,鲁迅先生笔下的孔乙己可算一个典型。在《孔乙己》中,闲人们一看到他脸上有新伤痕,就取笑他一定是又偷书挨打了。"孔乙己便涨红了脸,额上的青筋根根绽出,争辩道:'窃书不能算偷……窃书!……读书人的事,能算偷么?'"有意思的是,这位老兄偏偏不肯说偷书,而强调说是"窃书"。这一个窃字,仿佛使偷书行为变得文雅起来,拉开了与其他偷盗行为的差距,成了一种"雅行"。

　　其实,读书人中有此"雅行"的并不罕见。普林斯顿大学图书馆曾做过一个统计,该馆失踪的书籍多达4%,分馆的比例更是高达10%。好事者甚至罗列出最受偷书者欢迎的十本书,名列第一的是《圣经》,第二的是《性爱的圣经》。更让人大跌眼镜的是,有些名人也见书手痒,忍不住与"孔乙己"为伍。

　　法兰西学院院士利百里爵士是个藏书家,尽管身份显赫,可是看到好书还是忍不住垂涎三尺。他利用身份之便,骗拐得到的古籍珍本不计其数,是法国著名的"窃书贼"。

　　美国的斯蒂芬·布鲁伯格出身世家,衣食无忧,不用工作。他每年驾车或乘飞机去各地旅行,顺便去图书馆偷书。他喜欢撬窗而入,总是满载而归。他对玻璃窗的构造、产地、特点及安装等知识极为精通,胜过许多专家。二十年间,他几乎偷遍了美国及加拿大的286家图书馆,一共偷得2万3千6百册书。案发后,联邦调查局动用长达1.17公里的书架陈列赃物。布鲁伯格因爱书而偷书、藏书，被人称为"书痴大盗"。

中国当代也有一个窃书大盗——康生。只不过，他窃书的方式一般孟贼干不了。"文革"中，他利用自己的职权，在"打砸抢抄"中乘机窃得不少珍贵图书。据统计，自1968年至1972年，他先后到北京市文管处32次，窃取图书12080册，其中有大批宋元版和明版的珍本、孤本图书，有的是绝无仅有的国宝。图书的主人包括齐燕铭、邓拓、阿英、龙云、章乃器、赵元方、齐白石、尚小云、傅惜华等96位知名人士。傅惜华"文革"前是中央戏曲研究院图书馆馆长，乃著名的藏书家。康生早就对他的收藏垂涎三尺。"文革"中，抄家风刚刮起，康生就多次跑到文管处询问："傅惜华的书集中起来没有？"并且一再嘱咐，"他的书一定不要丢失和分散。"1969年10月18日上午，康生得知傅惜华的书已经抄出被集中到国子监藏书库，立马驱车前往，挑选一大批珍本带走了。还有一次，康生在文管处看到一本清刻本《百家姓》，就对管理人员说："你看这本《百家姓》很有意思，这是清朝搞的，我从前有一本，不知谁给拿走了，找不到了，这本我拿去吧！"就像这样，许多古籍让康生堂而皇之地"拿"走了。书偷回家之后，他不忘一一盖上自己的藏书印。

像孔乙己一样的穷人去偷书，尚可以理解。可这几个窃书贼的经济条件都比较优越，并不缺钱买书，为什么还有此"雅癖"呢？心理学家分析过这类偷书者的心理：他们偷书并不全是为了阅读，就是为了享受那种据为己有的快感。他们偷书，是处于对书的近乎变态的占有欲。拥有一本好书，尤其是拥有一册珍本，就好比同时占有了这本书的身体和灵魂。这种非法占有就像婚外偷情一样，对他们具有难以抗拒的诱惑力。

当然，还有一些偷书贼纯粹是为经济利益的驱动铤而走险，那就与雅字无缘了。

This boke is one thing
The halter another;
He that stealeth the one
May be sure of the other.

NORMAN ENHORNING

肯特创作的藏书票。❦
飘带上的英文大意
是:偷书者将被绞死。

前些年,英国出了一个闻名全球的图书大盗——威廉·雅克。他是英国北约克郡一个农场主的儿子,毕业于剑桥大学经济系。他不干正经工作,总是出入全国的著名图书馆,瞄准科学史上珍稀的巨著下手。比如:牛顿《自然哲学的数学原理》,1687 年原版,两部,估价 10 万英镑;开普勒《新天文学》,1609 年原版,估价 6 万 5 千英镑;开普勒《鲁道夫星表》,1627 年原版,估价 1 万 4 千英镑;伽利略《星空使者》,1610 年原版,估价 18 万英镑;伽利略《两个主要世界体系的对话》,1632 年原版,估价 2 万 8 千英镑;哥白尼《天文学复兴》,1617 年版,估价 7 千 5 百英镑;亚当·斯密《原富》,1776 年原版,估价 2 千英镑……他逍遥法外多年,终于被一位旧书商识破。据刘钝的《儒雅的窃书贼》一文介绍:1999 年 2 月的一天,汉诺威广场附近一家古旧书店的老板赫德森从书贩子手里拿到一本 1864 年版的《质量的纯逻辑》。他在鉴定时发现,有人在书脊和相关页张上动过手脚,意图是销毁其原归属者的标记。精通古籍的赫德森给伦敦图书馆馆长打电话,请他检查馆内的藏书是否缺失这一本。赫德森的猜测得到证实,警方开始介入调查,顺藤摸瓜抓住了威廉·雅克。他多年来所偷珍本书籍总价值约为110 万英镑。2002 年 5 月,法庭宣布对雅克课以 31 万英镑罚金和四年监禁。

日本人热爱阅读,这个国家如今也成了"偷书贼的天堂"。日本出版情报中心曾对 14 家大型连锁书店的 1661 家门店进行调查,结果显示,图书被盗损失占年度销售总额的 14%。假如按照这一比例推算, 全日本 15 万家书店一年内因图书被盗而造成的经济损失将达 190 亿日元。被盗图书中,漫画书最多,占到了四成,写真集次之,占三成。偷书贼的常用伎俩是:特制内侧多口袋的外套藏书,还有就是借助婴儿车或旅行箱藏书,他们一般两人一组,一人转移店员的注意力,另一人乘机下手。日本书业人士担心,如果偷书现象继续肆虐,新出版的书又卖不掉,不仅很多书店面临倒闭,作家的版税也无从支付,日本的出版经济将会陷入衰退。看来,偷书的危害还真是不小。

在过去书籍资源稀缺的时代,书籍失窃的主人往往会对丢失的书日思夜想,甚至因爱成恨。西班牙巴塞罗纳一修道院的修士几百年前曾把偷书贼和借书人、借书不还的人一起诅咒:"书啊,你变成他手上的一条蛇吧,咬他,叫他瘫痪,让他的家业败落,让他病苦到死。让书蠹噬啮他的肚肠……直到最后一项惩罚——被地狱之火永远焚烧。"

中国古代藏书家马太龙家中藏书颇丰,可是总被人偷窃。一气之下,他刻了一方"警印"盖在书中——"窃书非雅贼"。这个印实在有点儿黑色幽默,贼与强盗本是同类,哪有雅与不雅的区别呢?

❧ 15 世纪的书虫,他的藏书摆在格架的双面读书台下的书柜里

　　"窃书贼"的形象还常常在文学作品中出现,有时会被赋予特殊的象征意义。

　　澳大利亚作家马克斯·苏萨克写过一部叫《偷书贼》的长篇小说,讲述的是一个被称为"偷书贼"的 9 岁小女孩莉赛尔的成长故事。战乱中,莉赛尔和弟弟被迫送到寄养家庭,弟弟不幸死在旅途中。莉赛尔在弟弟的丧礼后偷了一本掘墓工人的手册,为的是以此纪念自己永远失去的家庭。战火燃烧,生活环境恶劣。学会认字进而开始读书的莉赛尔,尽管吃不饱穿不暖,却发现了一项比食物更让她难以抗拒的东西——书。她忍不住开始偷书,用偷来的书继续学习认字。她拥有 14 本书,其中 6 本是偷来的。这些书籍陪伴着莉赛尔熬过了苦难,也帮助着那些同样承受苦难的人:她读书给躲在养父家地下室的犹太人听,帮他们消除恐惧;她读书给在防空洞里躲避空袭的邻居听,安慰惶惶不安的心。在阅读中,她自己也改变了性情……在那座叫作天堂的小镇里,莉赛尔靠偷来的书,不仅拯救了自己,也拯救了别人。

　　这部小说赋予了窃书全新的内涵——它成了人类自我拯救的手段。在马克斯·苏萨克看来,莉赛尔的窃书行为,好比普罗米修斯盗取天火!

雪夜闭门读禁书
——说禁书

相信很多人都有过买禁书、读禁书的经历。在没有互联网的时代，要想得到一本禁书，可不是那么容易。至于阅读禁书，多半也是偷偷摸摸、躲躲闪闪的。古人说："雪夜闭门读禁书。"看上去似乎是一件风雅事，其实那气氛又神秘又紧张，因为弄得不好，读禁书是要掉脑袋的。

清人陆长春的《香饮楼宾谈》记载了这样一个故事，委婉表达了读书人对禁书既爱又怕的矛盾心理："咸丰年间，有个叫严笛舟的书生得了一场大病，昏昏沉沉中来到镇里的东岳庙。严笛舟在庙中看到自己的档案，正翻阅间，胸前突现出两行大字：看淫书一遍，记大过十次！严笛舟见状甚为惊恐，忙向堂上帝王打扮的人求救，那人就借严笛舟之口发话，命其家人焚书，并曰：'淫书不可看，尤不可蓄。书箧中有《红楼梦》《贪欢报》等，其速焚之。'等烧完这些书，只见中庭黑风盘旋，臭不可闻，而严笛舟胸前的字迹也随之消失了。"但是，禁书的确对人有着不一般的吸引力。台湾当代作家杨渡如是描述，"第一次看禁书的感觉，和第一次和女生幽会没有两样，心跳加速，向禁忌的地方，不断摸索前进"，"因为是禁忌，来得特别困难，我们也读得特别起劲，有如在练功。"

的确，人都有逆反心理。很多时候，越是被禁止的书，越能引发阅读兴趣——众里寻他千百度，为的就是一睹真容，一探究竟。

中外的禁书名单，都可以开出长长的一列。尽管各个时代被禁的书目不尽相同，但是目的一致，都是为了控制思想。西方的禁书史起源于宗教之争,这与中国最早的禁书源自思想统一有所不同。纵观漫漫历史长河,图书遭禁主要原因无外乎两条:一是政治原因,书中有反对、颠覆统治者的内容;二是道德原因,有些内容被正统阶层认为淫秽下流,有伤风化。

在西方,公元四世纪的时候,罗马皇帝视基督教为邪教,《圣经》被列为禁书,遭到焚毁。七世纪的时候,《古兰经》被阿拉伯多神教信徒与犹太教教徒视为邪说,遭到查禁。十五世纪,科隆大学

❦ 刘旦宅创作的《红楼梦》"宝黛共读西厢图"

焚烧异教邪说,禁止阅读宣扬基督教的书籍。十六世纪,教皇亚历山大把所有反对天主教的书一律焚毁。到了 20 世纪,纳粹德国禁书、焚书则达到登峰造极的地步。1933 年的一个夏日之夜,从各大图书馆和私人藏书室查抄的"非德意志精神"的书籍被运到柏林国家歌剧院广场。熊熊大火燃起,有关马克思主义的、共和主义的、和平主义的、自由主义的、社会主义国际主义的、忠于宪法的,一切反法西斯主义的书籍统统都被投入火海,化作一缕缕青烟。据统计,在这场禁书、焚书运动中,德国 10000 多个图书馆总共 3000 万册图书化作纸灰。

西方的许多名著都曾是禁书。譬如,由于政治原因遭禁的《西线无战事》《动物庄园》《日瓦戈医生》《愤怒的葡萄》《汤姆叔叔的小屋》等;由于宗教原因遭禁的《雾都孤儿》《物种起源》《红与黑》《少年维特的烦恼》等;由于性的原因遭禁的《美国悲剧》《一千零一夜》《爱的艺术》《忏悔录》《十日谈》《查泰莱夫人的情人》《洛丽塔》《包法利夫人》《兔子,跑吧》《北回归线》《南回归线》《尤里西斯》《恋爱中的女人》等;由于社会原因遭禁的《哈克贝里·费恩历险记》《安妮日记》《坎特伯雷故事集》《第 22 条军规》《麦田里的守望者》《发条橙》《华氏 451》《草叶集》《红字》等。

在中国,以秦始皇焚书开启了禁书的序幕。历朝历代禁书连绵不绝,尤以明清为甚,血腥的"文字狱"更是成为读书人的噩梦。仅清代乾隆一朝,大规模的查办禁书运动进行了 20 年,销毁对清朝统治不利的书籍约 13600 卷,焚书总数达 15 万册。不独在社会上广为流传的书被禁,私家传承的书亦遭禁。清乾隆四十六年,江苏震泽县卓连之、卓培之收藏祖父卓铨能著的《忆鸣诗集》中有官府认为的"悖逆词句",结果族人多受牵连,三人被杀,他们的妻儿也被卖为奴,就连已经去世的五人也被挖出尸体枭首示众。由此可见,当时禁书到了何等疯狂的程度。晚清重臣丁日昌为官时曾

182

开列过一份应查禁的小说目录,达 268 部,被后人誉为"中国最完备、影响最大的一份淫秽禁书目"。由于清朝严酷禁书,导致许多典籍失传。明朝宋应星编著的《天工开物》出版于崇祯十年(公元1637 年),可是到了民国初年在国内竟然找不到这本书了。而此书早被译成了英、俄、德、日、法等文字,在国外广为流传。据说,法国皇帝初得此书如获至宝,将它收藏于皇家文库。这本书的最初刻本完好地保存在法国国家图书馆,正因为如此,我们如今才有机会重睹它的风采。到了民国时,禁书亦是时有发生。1931 年,军阀何键统治湖南时期,《爱丽斯漫游奇境记》的中译本遭禁,理由是"书中鸟兽昆虫皆作人言,而且与人同群,杂处一室"。为了禁止马克思的著作,国民党政府见"马"就禁,连马寅初的《经济论文集》和研究中国文法的《马氏文通》也遭了殃。至于进步作家和宣传共产主义思想的被禁书刊,那就更是数不胜数了。

当时,为了对付国民党的禁书政策,进步文化人想出了许多高招,最常用的是伪装书名,给进步书刊穿上保护色。如《中国共产党第六次全国代表大会决议案》伪装名《新出绘画国色天香》,周恩来写的《目前中国党的组织问题》伪装名《祈祷宝训》,《共产党宣言》伪装为《美人恩》,《布尔什维克》伪装为《少女怀春》,《红旗》伪装为《红妮姑娘艳史》,毛泽东的《论联合政府》伪装为《婴儿保护法》。据唐弢介绍,有一个进步刊物用了一个《脑膜炎预防法》伪装书名,暗喻可以医治思想、清醒头脑的意思。有一次,编者拿着杂志到上海邮局寄发,恰巧碰到国民党检查官。他心里正想着要暴露了,不料那检查官看到书名,立即挥手放行了。原来检查官以为看这种书的人可能已经有脑膜炎,怕被传染,于是赶紧打发走人。

随着时代的进步,人们的观念发生了变化,昔日的许多禁书如今都解禁了,可以在书店堂而皇之出售,有的还成为经典名著。

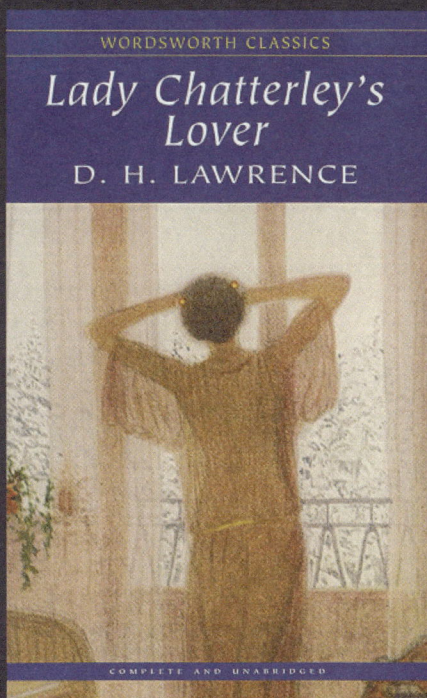
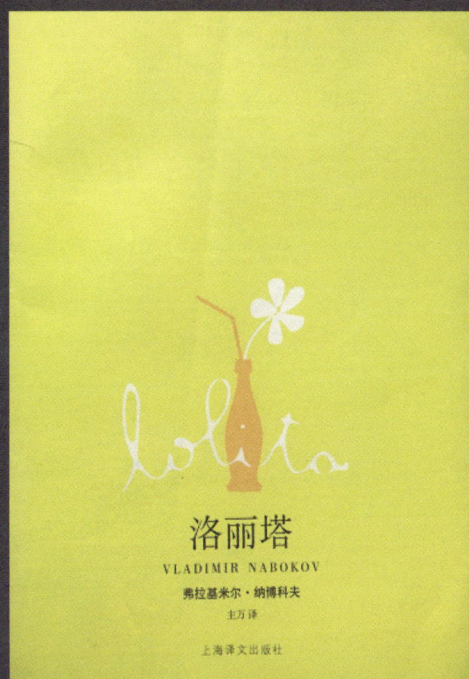
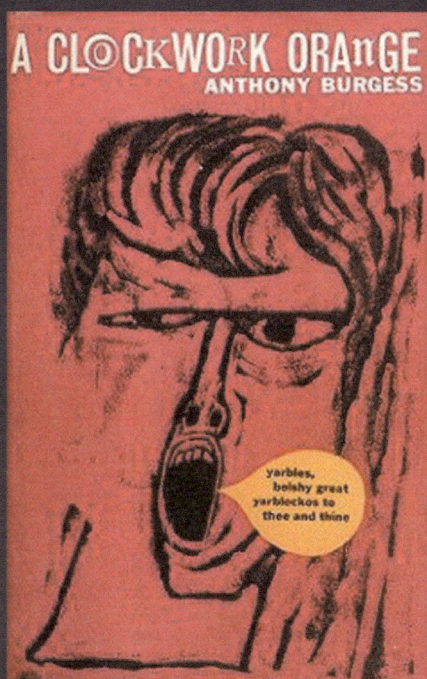

1《包法利夫人》封面
2《查泰莱夫人的情人》封面
3《洛丽塔》封面
4《发条橙》封面

但是，仍然还有一些超出人们正常道德伦理观念的图书被禁，尤以描绘淫秽内容的居多。自称"流氓无产者的吟游诗人"的美国作家亨利·米勒观念前卫，以赤裸裸的性爱描写为人瞩目，他的《北回归线》《南回归线》一度遭禁，后来解禁了，成为流行读物。但他的《在巴黎的屋顶下》至今仍是禁书。1941 年，洛杉矶书商以一页一美金的报酬邀请他写下了这本讲述主人公嫖妓经历的故事。亨利·米勒用这笔书款付了一年的房租。但是不知什么原因，他从来没有公开承认过这部书是他的作品。

灯下窗前常自足
——与书相处

　　书是有灵魂的物，它既是写作者心灵世界的物化，也是阅读者观照自我的镜子。因此，人与书的关系不是冰冷的物的关系，而是一种充满热度的灵魂关系。有人把书比作朋友，有人把书比作恋人，还有人把书比作导师。爱书成痴的人，更是把书看得胜过一切。南宋尤袤就曾对人说："饥读之以当肉，寒读之以当裘，孤寂读之以当朋友，幽愤而读之以当金石琴瑟也。"对他而言，书具有多种功用，可以满足多方面的需要，其重要性不言而喻。唐弢晚年也写诗咏叹："平生不羡黄金屋，灯下窗前常自足。购得清河一卷古，古人与我话衷曲。"他与书的关系是一种对话关系，心神相交中透出几分超然。台湾书人杨照则进一层发挥说："书比爱人忠心，比亲人有趣，比烟酒、彩票深邃；书比宗教调皮，却又比巫术庄重；书让我们不必离开人的世界，就能坐拥天堂和地狱。"人与书的关系，往往折射着一个时代的风尚，也折射着这个人的襟怀和性情。一个人的爱书史，往往就是一部心灵史。

　　人与书相处，最难过的应数分离了。天下没有不散的宴席，书与人亦如是。许多爱书人都深深体会过这种生离死别的彻骨之痛。

　　南朝梁元帝萧绎"才辩敏速，冠绝一时"。他博览群书，穷尽国力搜集了十四万卷图书藏于宫中。当西魏围攻都城江陵之时，他上城墙巡视防务，还雅兴不减，随口吟诗。尽管大军压境，可是皇宫里依然如常讲授《道德经》，还要求百官认真听讲。后来，敌军就要破城了。在绝望之余，萧绎不愿让书落入敌人之手，就让人点火

❧ 纳粹焚书

焚书。顷刻之间，所有的书卷化作青烟。他欲跳入火海与书同焚，终被内臣劝阻。他满眼泪水喟然长叹："文武之道，今夜尽矣！"对于这个书痴皇帝来说，焚书失道之痛确乎超过了亡国之痛。可惜，他当时还不能觉悟书乃天下之公器，竟以一己私心和一时冲动，毁掉了许多珍贵古籍，这是让后世读书人扼腕叹息的。

在1100多年之后，两位当代诗人在惊恐中也做着与书痴皇帝相似的举动——亲手焚书。"文革"伊始，抄书之声甚嚣尘上，诗人臧克家为了避祸，在自家厨房的水泥地上焚烧自认为"有毒"的图书。他后来在文章中写道："看着火苗一口一口地把它吞噬，我心痛，我心恨。痛它的去，恨它不能快化成灰。一双手在拨火，双眼中在流泪。这时我的心，也好似成灰了。"同为诗人的流沙河的一首《焚书》，更是字字含泪："留你留不得，/藏你藏不住。/今宵送你进火炉，/永别了，/契诃夫！//夹鼻眼睛山羊胡，/你在笑，我在哭。/

VICTOR HUGO　par FAUSTIN

法国画家福斯坦画的雨果像，他腋下夹着《惩罚集》，正在书写"真理"，脚下则踩着皇帝的铁链

漫画，狄更斯与他的著作书

❧ 齐白石创作的《夜读图》

灰飞烟灭光明尽，/ 永别了，/ 契诃夫！/"亲手烧毁心爱的书，对于爱书人而言，其痛楚莫过于自断其臂。

在人与书的关系中，火永远是最大的敌人。郑振铎花二十余年心血辛苦聚集近万种书籍，在"八一三"淞沪会战中丧失殆尽。他在《烧书记》中沉痛地记录了毁书的情形："'八一三'后，古书、新书之被毁于兵火之劫者多矣。就我个人而论，我寄藏于虹口开明书店里的一百多箱古书，就在八月十四日那一天被烧，烧得片纸不存。我看见东边的天空，有紫黑色的烟云在突突地向上升，升得很高很高，然后随风而四散，随风而淡薄，被烧的东西的焦渣，到处的飘坠……"后来又怕因"书"惹祸，只好烧书，"我硬了心肠在烧。自己在壁炉里生了火，一包包，一本本，撕碎了，扔进去，眼看它们烧成了灰，一蓬蓬的黑烟从烟通里冒出来，烧焦了的纸片，飞扬到四邻，连天井里也有了不少……我觉得自己实在太残忍了！我眼圈红了不止一次，有泪水在落。是被烟熏的吧？"这些文字至今读来，仍可见字里行间的斑斑泪痕。

书比人长寿。对于书痴而言，当他行将就木时，书就成了一种依依不舍的牵挂。有的人爱到极致了，书随人亡。

恋书成痴的作家尤金·菲尔德惧怕终有一日将与心爱的书籍分离，于是事先写下一份书单作为遗嘱，交代后人届时将单子上罗列的十四本书随他的遗体一并下葬，以便他在前往极乐世界的路上有书可读。20世纪，有个叫安东尼·霍内克的英国牧师也是个超级书痴，他曾搜购了一部16世纪出版的珍本，到手之后才发现图书"饱受蚁蛀虫蚀——那些虫都还活蹦乱跳"。他担心那几只虫会顺带享用他的其他藏书，干脆断然采取永绝后患的措施："阁下，我已将该书埋藏于地下。您或许有所不知，花园里的土壤如今十分肥沃哩。"他心中没有道出的话还有，"你且先埋地下，等着我的到来吧！

✤ 英国阿尔伯特与维多利亚博物馆收藏的读书木雕

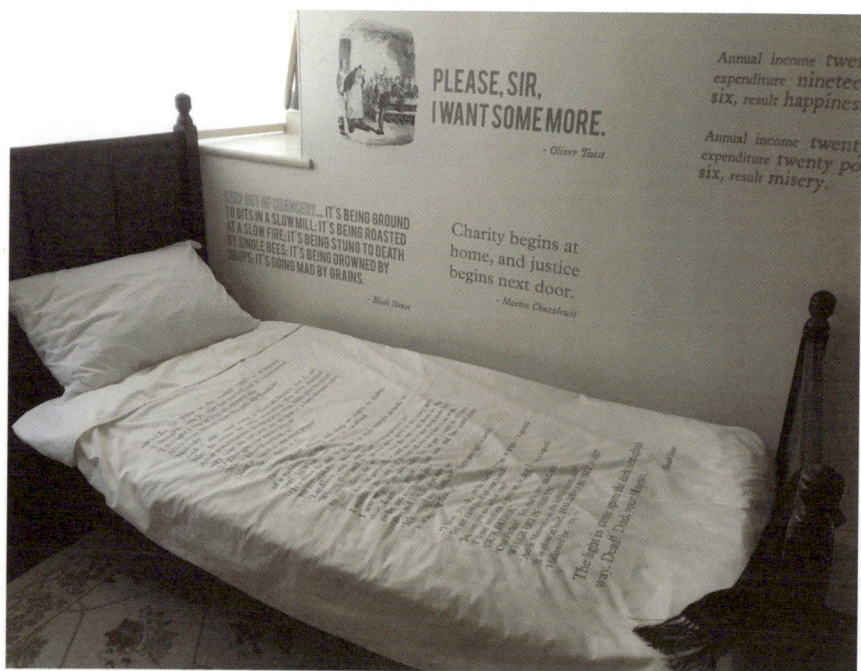

✤ 伦敦狄更斯故居，床单和墙壁上印着狄更斯的名言

1 英国阿尔伯特与维多利亚博物馆收藏的瓷书

2 阿基坦的艾莱诺墓中的大理石棺盖上的雕塑,表现死去的王后热爱阅读

3 大英博物馆收藏的图书花纹的瓷器

4 伦敦海洛特公墓里有不少像这样书状的墓碑

人与书的分离常常是悲剧性的,但是也有例外。

法国启蒙思想家狄德罗经济拮据,为了筹备女儿的嫁妆,打算卖掉自己的藏书。俄国女皇帝叶卡特琳娜得知消息后,决定以高价买下这批书,同时又委托狄德罗保管,并且每个月给他付薪酬。狄德罗死后,这批书连带他的手稿真的辗转运至俄罗斯。像狄德罗这样的幸运儿,大概绝无仅有吧。

正如烟花无论曾经如何绚烂,终究会归于寂灭,人与书的激情相遇,最后亦难超越这种命数。占有诚然是一种快乐,但当占有不能成为永远时,我们何不换一种释然的心态呢? 只要真正倾心过、欣赏过、激动过、收获过,再轻轻挥一挥手,其实也不枉茫茫宇宙中这概率极低的一场偶遇了。

第四辑　书畔风景

咖啡馆在某种程度上隔离了尘世的喧嚣，为人们营造出一个宁静的适合沉思的空间。对于现代人而言，阅读并拥有沉思的机会实在是太奢侈了。

白日梦里避风港
——书与影视

　　书籍是人类生活的重要组成部分，也是一个蕴含着丰富意义的象征符号。书与生活的不可分离，在影视中常有生动表现。书籍或与书有关的事物经常成为"白日梦"的素材，被镶嵌在或缠绵悱恻，或惊天动地，或神秘莫测的故事中，借此展示生活的可能性以及追问人之存在的意义。与之相关，图书馆、书店往往成为故事的发生地，图书馆员、书店售货员和读者也常常成为故事的主角或配角。

　　琳琅满目的书架，花花绿绿的招贴，还有那些总是戴着眼镜的、静坐在书堆后的店员，营造出一种安静、优雅的氛围；那浓郁的书香更是激发着人无穷无尽的幻想。书店，也因此成为浪漫之地的代名词。推开一扇扇虚掩的门，它们背后藏着无以计数的浪漫时光，也藏着令人感慨的爱情故事……

　　《查令十字街84号》堪称书店爱情的经典。穷困的美国女作家海伦给位于伦敦查令十字街84号的马克书店写了一封信，求购一部绝版图书。很快，她收到了回信和书。书店经理弗兰克除了满足她购书的要求外，还细心地帮她处理好了一些琐事。鱼雁往来，共同的趣味使得远隔重洋的两颗心渐渐贴近。20世纪五十年代初期的英国物资匮乏，海伦就从美国给弗兰克寄去食品。而弗兰克四处奔波，为她寻觅难得一见的珍本。日子一天天过去，书信成为两人平静生活中暗涌的激流，悄悄改变着他们的心境。海伦一直想去伦敦，可等她好不容易攒足旅费时却又患了牙病，最终

❧ 《查令十字街 84 号》海报

无法成行。又过了一些时日，海伦突然收到一封信：弗兰克病逝了。她马上购买机票，赶到了查令十字街84号。走进即将拆迁的马克书店时，海伦发现，距她第一次给这里写信，已经过去了整整二十年。她面对着空荡荡的书店，笑着说："我来了，弗兰克，我终于来了。……无数的爱书人都被这个故事感动得落泪。这部电影借两个爱书人相知的故事告诉人们：激情随着一个人的死亡，有时并不会消失，而是转变成另一种更醇厚更悠远的情感——怀念。

意大利瑞柔丽出版集团以出版艺术与生活风格类的书籍著称，下属的瑞柔丽书店极有特色，是不少美国白领阶层经常光顾的书店。伍迪·艾伦导演的《坠入情网》讲述的就是发生在瑞柔丽书店的一段恋情。罗伯特·德尼罗饰演的建筑工程师和梅丽尔·斯特里普饰演的自由设计师在圣诞节前到瑞柔丽书店买书当圣诞礼物，素不相识的两人在出店门时不意相撞，有了第一次不经意的接触。圣诞之夜拆开礼物时，他们惊奇地发现，在碰撞中彼此拿错了书。故事由此发展下去，他们开始相恋，在书店幽会，忍痛分离，最后偶然重逢，依然是在圣诞季……这部电影弥漫着淡淡的感伤，看完后让人怅然若失。影片中的那家书店是实景拍摄，中庭高挑的空间美轮美奂，天花板上的浮雕繁复而生动，金漆装饰的书架华丽而优雅，弥漫着浪漫的艺术气息。

诺拉·艾芙隆导演的《电子情书》，讲述的是两个书店主人的爱情故事。主人公凯瑟琳·凯莉和乔·福克斯分别是独立书店和超级连锁书店的主人，白天他们为经营互相斗法，晚上却在互联网的虚拟空间中结为挚友。他们不知彼此的身份，感情在交流中迅速升温。电影的最后，独立儿童书店被迫关门，两人的爱情却开始滋长。这部电影具有很强的现实感，在温馨书店的浪漫爱情之外隐藏着残酷的现实生活——激烈的书业竞争。

有的时候，书店还被当作表演激情的舞台。《汉娜姐妹》中麦高·肯恩在书店中假装不经意地挑选 E.E·康宁的作品给芭芭拉·荷希,两人在密林般的书架中穿梭的对手戏,将彼此压抑的激情以含蓄挑逗的方式表达得淋漓尽致,给人无限遐想。

书店也是日常生活的多棱镜,折射出形形色色的人物多姿多彩的人生。曾在英国、新加坡和澳洲热播的《布莱克书店》大概是第一部以书店为背景的大型电视连续剧。主人公伯纳·布莱克在伦敦开了一家书店。他衣冠不整,性格乖戾,对顾客态度恶劣,书店管理也混乱不堪。他因为懒得再去采购,甚至不愿把书卖光。书店营业时间也随心所欲,他想关门了,就把顾客往外赶。曼尼是书店的营业员,性格随和,有点神经兮兮,做事迷迷糊糊。弗兰是隔壁一家精品店的主人,她经常来书店里跟伯纳喝酒聊天,跟曼尼

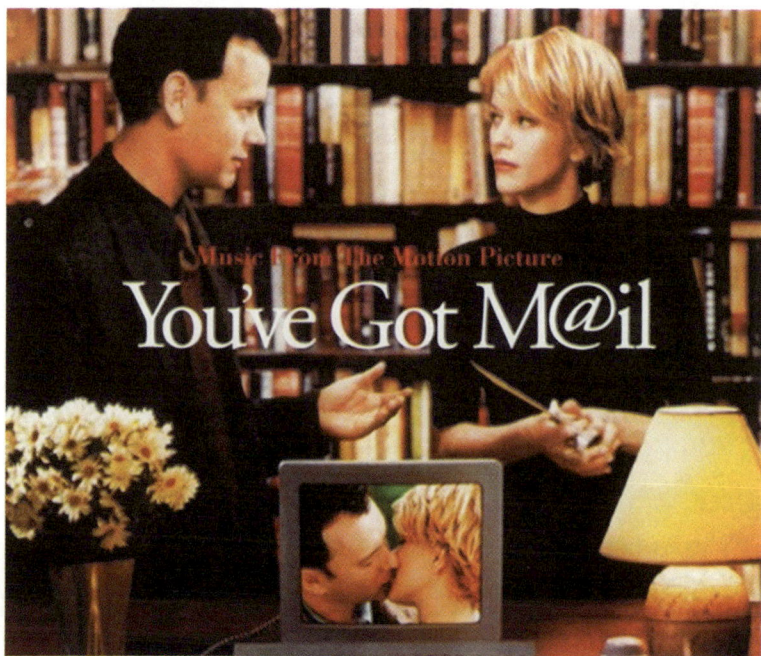

《电子情书》海报

也成了朋友。她思想独特,做事夸张,经常语出惊人,爱情生活却一直没有结果。三人的故事就这样在书店内外展开,荒诞、奇异,常常让人捧腹。其中有一段关于书的对白堪称经典,令人喷饭——顾客:我想知道那些书多少钱? 伯纳:什么书? 顾客:那些,皮制封面的。伯纳:那些是狄更斯的,查尔斯·狄更斯文集。顾客:它们是真皮的吗? 伯纳:是真的狄更斯。顾客:我必须确定它们是真皮的,这样才能和我家里的沙发相配。我家其他家具都是真皮的。这样吧,我出200。伯纳:200什么? 顾客:200英镑。伯纳:是真皮的英镑吗? 顾客:不。伯纳:不好意思,不是真皮的英镑不配我的钱包。(打铃)下一位! ——伯纳以他特有的幽默,讽刺了那些附庸风雅的假爱书人。

台湾著名书人钟芳玲在《书天堂》里说,"电影中的书店风景泰半朦朦胧胧:多了一些浪漫,少了一点心酸,多了几分美感,少了几许伤感。这只能说,书店在我们心目中,象征着一个理想的空间,一个避风港。"

除了书店,图书馆也是有"故事"的地方。美国爱达荷州布里罕扬大学马凯图书馆馆员马丁·赖许编制过一份《电影中的图书馆员》目录,共收录了607部影片,大部分是好莱坞电影,也有少数其他国家的电影。在这些电影中,有的以图书馆作为取景地,有的以图书馆员为主角,演绎了一幕幕精彩传奇。

在电影中,图书馆常常被作为人类精神家园的象征。《后天》中的父亲在冰天雪地里从华盛顿走向纽约公共图书馆,心中牢记着对儿子的承诺;儿子在已结成冰窖的图书馆里等待救援,坚信父亲一定会到来……当他们拥抱在一起时,脸上绽放的笑容如同灾难后透过自由女神像射来的第一道阳光。当时天气酷寒,在图书馆里等待救援的人们只好烧书取暖;有人突患疾病,大家就从藏书中查找救治方法。显然,导演将图书馆描绘成了人类最后的庇护所,它给饱受伤害的人类带来家园般的安全感。

没有书籍的生活,会使生命变得荒芜。《肖申克的救赎》中的安迪尽管被判无期徒刑,但是他要反抗这种荒芜,让活着的每一天变得更有意义。他希望在监狱里建一座图书馆,犯人们都认为他是白日做梦。他每周写一封信给州政府,一共坚持了六年,最后终于获得成功。狱中图书馆更像一座精神的灯塔,照亮着迷路的灵魂。

《天使之城》是一部寓意深刻而且富于想象力的电影,导演大约受了博尔赫斯的启发,让天使们在凡间的时候就住在图书馆里。在如教堂一般雄浑庄严的图书馆中,他们或许可以感受到天堂的气息吧。

图书馆因为环境幽静,总是带着一点神秘气息。有些不期而遇的爱情,或是居心叵测的谋杀,也常在这里发生。

《情书》中有一幕场景,相信许多看过的人都不会忘记:少年倚靠在图书馆的窗前静静地看着书,微风拂起他的发丝,夕阳把他染成了炫目的金色;耀眼的白色窗帘和女孩的白裙在微风中飘舞,纯情如雪……就在这个图书馆里,男女主人公萌发了初恋,青涩含蓄,美丽如诗。在《周渔的火车》中,梁家辉饰演的图书馆员热恋着巩俐饰演的周渔,他们在书库里有一段激情戏。狭窄的书架过道正好将观众的视线限定在两人热吻的画面上,沉重的书架则成了激情表演的背景。

在电影《辣手神探》中,现代化的图书馆宽敞明亮,设备先进,可就在氤氲的书香中,一桩谋杀案悄然发生了。在这个看似开放的公共空间中,莫名其妙地隐藏了许多细节,使暗杀行为变得不露痕迹。导演的巧妙构思,为图书馆抹上了一层神秘诡异的色彩。

更多的时候,图书馆在电影中是作为信息中心来处理的。人们从这里获取资讯,如《国家宝藏》中,窃贼就因瞄上了美国国会

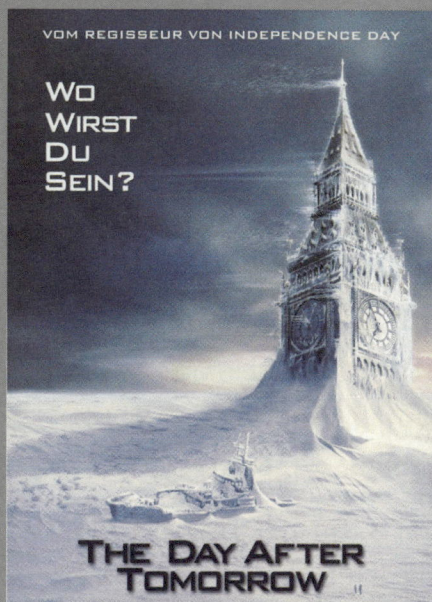

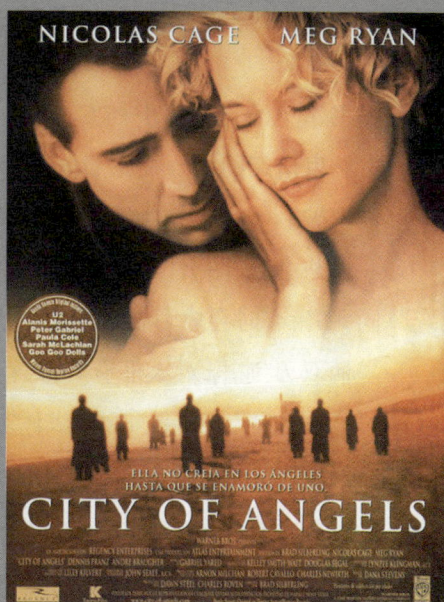

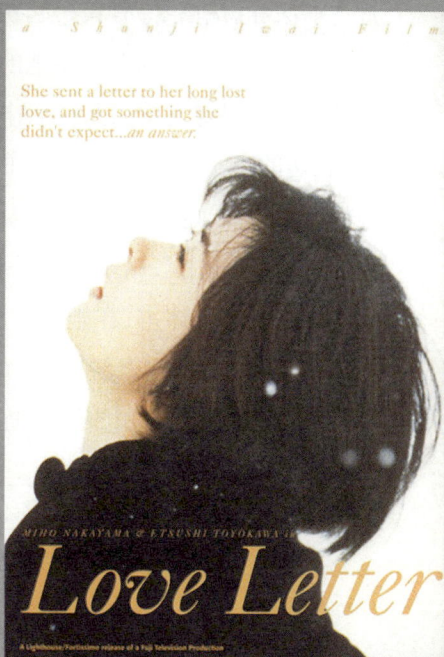

1	2
3	4

图书馆里的无价历史档案而费尽心机;在《七宗罪》中,罪犯在图书馆里借阅图书寻找犯罪依据,最终也因为在图书馆留下线索而被识破。

与书店、图书馆为电影提供的多半是故事发生的场景有所不同,书籍有时会成为电影的主角。作为人类智慧的结晶,书籍就像一柄双刃剑,既对人性有着深深的禁锢,也为人性的解放提供了可能。英国先锋导演彼得·格林纳威拍摄的《枕边禁书》,就是以书为象征物,深度探讨男权社会的压迫以及女性的解放问题。

女书法家诺子十分钟爱日本宫廷女官清少纳言的名著《枕草子》,一直迷恋在人体上书写作品。影片中的情节发展,几乎都与日本书法和《枕草子》有关。起初,诺子只是一个身体书法的接受者。当象征着男性的毛笔在她的肌肤上驰骋时,"笔"与"纸"的关系其实就是男与女的关系。后来,诺子结婚了。她在自己家中纵火,表达的正是对于父权(父权的代表是出版商)和夫权的反抗。独立生活之后,她终于由"纸"变成了"笔",开始主宰自己的生活。为了出版"枕边书",诺子将自己和出版商共同的双性恋情人谢朗制作成了一本人体书,在她的身上书写《枕草子》……在这部影片中,"书籍"成了压迫、反抗的双重象征,具有深刻的政治学寓意。一贯被人们视为轻的电影,借助书籍这个特殊的角色,演绎了一回生命中的不可承受之重。

书中自有颜如玉
——书与女人

　　书与人的关系，颇有点像男人与女人的关系。中国古代的读书人多为男性，因此总爱把书比作美女。宋朝皇帝赵恒用他的诗句做了最浪漫的概括："书中自有黄金屋，书中自有颜如玉。"读书人总希望遇到颜如玉。她是美丽的化身，徜徉在《诗经》《楚辞》里，摇曳在唐诗宋词内，沉吟在四书五经中。在无数个漫漫长夜里，她就这样从泛黄的书页中翩然走入无数读书人的梦里……

　　蒲松龄在《聊斋志异》中就讲述过一则"颜如玉"的故事。彭城有个叫郎玉柱的书生，读书成癖，成年后也不思婚娶，只痴望能从书中读出个美女来。有一天，他真的在《汉书》中发现一个眉目如生的"纱美人"，背上写着"织女"二字。后来，美女从书中跳了出来，自称颜如玉，与郎公子朝夕相处，耳厮鬓磨。纵然蜜意浓情，但是郎公子依然手不释卷，苦读如故。颜如玉生气了，两次欲离去，都被公子苦苦哀求而留下。后来，他们生了一个孩子。颜如玉对郎公子说："你要想我长久地留下来，就得把架上的这些书都扔掉。"郎公子断然拒绝："那是你的故乡，是我的性命，你怎么能说这样的话呢?！"最后的结局出人意料，书被县宰下令焚毁，美女香飘魂散。

　　蒲松龄笔下的故事既浪漫又悲切。"颜如玉"的现身实现了书生的梦想，可最后还是归于破灭。对于读书人来说，与"颜如玉"相遇并长相厮守或许是个永远的梦。但是，读书人对于书的痴爱，似乎只有用美女来比喻，方显熨帖。

　　唐代诗人皮日休就说过："惟书有色，艳于西子。"他以西施喻书之美,在几百年后得到一个知音隔空回应。明代藏书家胡应麟如是说:"一生于他无所嗜,所嗜独书。饥以当食,渴以当饮,诵之可以当韶濩,览之可以当夷施。忧藉以释,忿藉以平,病藉以起。"这里的"韶""濩"都是古乐,"夷施"指西施。把书籍当作动听的音乐和美丽的女子,难怪可以解忧消病了。

袁枚曾形象地描绘书籍对人的"色惑",以及怡然自得的心情。他说:"见书如见色,未近心已动。""枚平生爱诗如爱色,每读一佳句,有如绝代佳人过目。"他的"所好轩"书斋里有一副对联:不作公卿,非无福命都缘懒;难成仙佛,为爱文章又恋花。

把书籍比作女人,却也是分层次的。明人宋懋成在《与家二兄》中云:"吾妻经,妾史,奴稗,而客二氏者,二年矣,然侍我于枕席者文赋,外宅儿也。"当代作家董桥认为人与书的感情类似男女之情,因此在《藏书家的心事》中也有一番妙论:"字典之类的参考书是妻子,常在身边为宜,但是翻了一辈子未尽可以烂熟。诗词小说只当是可以是迷死人的艳遇,事后追忆起来总是甜的。又长又深的学术著作是半老的女人,非打点十二分精神不足以深解;有的当然还有风韵,最要命是后头还有一大串注文,不肯罢休!至于政治评论、时事杂文等集子,都是现买现卖,不外是青楼上的姑娘,亲热一下就完了,明天来看就不是那回事了。"更有人戏言,"读书之乐恰如男女之事":一、夜晚最惬意;二、多半在床上;三、其中佳趣不宜向外人道也。

把书比成美女,实际是把书当成了一个审美化的对象。对于读书人来说,这是将爱书的情感以一种极致的方式表达出来,多少有点儿意淫的味道。在现实生活中,读书生活多半是寂寞而清苦的,倘若真有美女相伴,那真是上天之恩赐了。

清代有个叫席佩兰的女诗人不大为人所知,但她写下的"绿衣捧砚催题卷,红袖添香伴读书"的诗句却广为流传,特别是后一

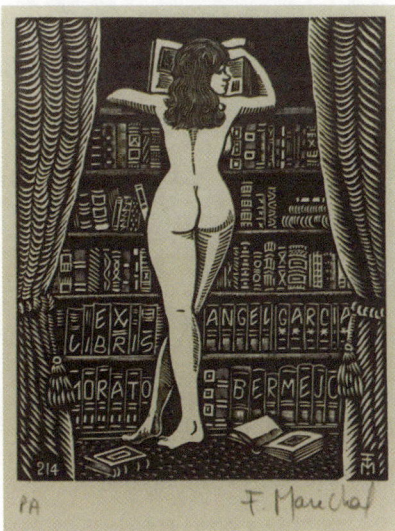

🔹 白逸如创作的藏书票　　　🔹 西班牙画家马里克创作的藏书票

句"红袖添香伴读书"被无数读书人再三吟咏,成为描述理想读书生活的经典意象。

诗人袁宏道颇为自得另一种读书胜境。他曾自述:"耽玩竟日。归当自责,顽钝如此当何所成。乃以一婢自监。读书稍倦,令得呵责,或提其耳,或敲其头,或擦其鼻,须快醒乃止。"让美女监督苦读,并且施以体罚,堪称一大发明创造。

对于爱书人而言,书与美女就好比鱼与熊掌,最理想的当然是得兼了。但书与美女有时却不可得兼,于是又有了书痴弃美女而择书的佳话。

明代藏书家朱大韶喜爱收藏稀世古本,尤其是宋版图书。有一次,他听说吴门故家藏有一部宋版《后汉记》,书中有陆游等名家手写批注。他渴望得到这部稀世珍本,于是上门表示愿以万金交换。对方拒绝了,但朱大韶并不灰心,隔一段时间又上门去交涉。主人不胜其烦,便开玩笑说:先生若以府上美妾(朱大韶的最爱)交换此书尚可,除此以外都不换。哪知朱大韶一听,当场同意了。美妾临行前十分伤感,在壁上留诗一首:"无端割爱出深闺,犹胜前人换马时。它日相逢莫惆怅,春风吹尽道旁枝。"朱大韶读了此诗,心中五味杂陈,黯然神伤。一个爱书人的深情与伤感,概莫出其右了。

当代学者邓云乡在《书忆》中也有过感叹:"有时爱书的心理会超过爱妻子的心理的,实际说来,同样是痴念。"有一回,他携新婚妻子去杭州游览清河坊,看见一家旧书店就钻进去左翻右看,竟然忘记了在门外痴等的新人。

书与女人的关系远远不止类比与伴读这么简单。在很多时候,书还充当媒介,成为男女表达情感的信物,呈现出别一种浪漫。

路易十四之子蒙道西埃爱上了"蓝色沙龙"女主人朗布意叶夫人的女儿于丽,痴心追求十几年,终于俘获芳心。蒙道西埃想出一个求爱的"高招"——为她量身定做一本诗集,题名为《于丽的花环》。全书共二十九页,每页绘一朵花,花下是一首诗,诗作者皆为当时出入"蓝色沙龙"的诗人、作家,其中有大名鼎鼎的剧作家高乃依。此书创意独特,装帧精美华丽。经历了时光的熏染,这本书流传至今,成为一段美好爱情的见证。

诗人雪莱一生浪漫,婚后爱上十七岁的玛丽。他将自己的诗集《仙后麦布》送给玛丽,并用铅笔在书上写道:"你瞧,玛丽,我一直都没忘记你。"玛丽也在书上写道:"这本书对我而言是神圣的,其他人都不准翻阅。我对作者的爱超越任何文字的力量。就算我不会是你的,我也不会是别人的。"因了这段奇缘和这两段题字,这本书在1914年拍卖时拍出了一万两千五百美元的天价。

藏书家纽顿在《藏书之爱》中讲过一个故事:1758年,英国将军沃尔夫率兵出征加拿大与法军作战,行前未婚妻劳瑟小姐赠他

🔹 罗塞蒂创作的《白日梦》　　🔹 梦露读书图

一本格雷诗集《挽歌》。沃尔夫随身携带,有空就反复咏读,还在书
上写满密密麻麻的心得。后来,沃尔夫战死沙场,这本诗集和书中
夹着的未婚妻的玉照却保存了下来。据说,这本象征着爱情的书
后来流入书市,变得价值连城。

　　肯定有人记得《恋爱故事》中那段关于"借书偷窥"的有趣对
白:"奥利弗,照你这样坐在那里就知道看我读书,这次考试你恐
怕要过不了关了。""我没在看你读书。我在读我自己的书。""瞎
扯。你在看我的腿。""只是偶尔瞟上一眼,读一章书瞟一眼。""你
那本书章节分得好短啊……"简单的几句对话,活灵活现写出了
初恋的状态,读来让人莞尔。

　　借书言爱,哪个爱书人没有玩过这样的花招呢?

维托里奥·马泰奥·柯尔克创作的《梦幻》

精神消遣的佳偶
——书与咖啡

    "咖啡"一词源自希腊语"Kaweh",意思是"力量与热情"。在意大利有一句流传甚广的名言:"男人要像好咖啡,既强劲又充满热情。"痴迷咖啡的法国作家亨利·米尔热在那部有关莫米咖啡馆的虚构回忆录《波西米亚人的生活场景》中写道:"咖啡是阿拉伯的一种土生植物,它是被一头山羊发现的……伏尔泰以前每天要喝七十杯。我喜欢喝不放糖的滚热的咖啡。"葡萄牙作家萨拉马戈也在《诗人雷伊斯逝世那年》中写道:"如果还有一小时生命,我愿意用来换取一杯咖啡"。他们为什么如此热爱咖啡呢?除了咖啡本身特殊的味道和功能之外,更多的原因应该在于咖啡两个字中凝聚着丰厚的文化内涵。在西方人看来,喝咖啡不仅是一种消遣,更是对理想生活方式的一种追求。正因为如此,书香与咖啡香常常如影随形,相得益彰,融合为精神生活的象征。

    欧洲人嗜好咖啡,他们喝咖啡似乎并不在乎咖啡本身的品质和味道,而更在乎饮用咖啡的环境和情调。而那种优雅、浪漫的情调,似乎只有在咖啡馆中才能得到最充分的体现。在法国,在英国,在意大利,随处可见风格各异、大大小小的咖啡馆,既有单独的门店,也有设在阳台、广场、游船上的露天咖啡吧……形形色色的人闲闲地坐在咖啡桌前,品着咖啡,吃着点心。很多人的手上或桌前,都会摊开一本书,漫不经心地阅读着。对于欧洲人而言,咖啡馆里弥漫着的独特书香,乃是一种诗性生活的象征。

    早在 1645 年, 当时还隶属于奥匈帝国哈布斯堡王朝的威尼斯,诞生了欧洲第一家街头咖啡馆。紧接着,巴黎和维也纳也出现了咖啡馆,它们成为以后欧洲咖啡馆文化两大潮流的先导。咖啡馆的出现,使原来上层社会封闭的沙龙生活走向了开放。在许多城市,咖啡馆成了市民自由聚会的公共社交场所,许多政治家、艺术家、作家、诗人也常常出入其间。

在法国,约有 17 万家咖啡馆,其中不乏传奇名店。像拉丁区的普洛可甫咖啡馆,就与二百多年前影响整个世界的法国大革命联系在一起。启蒙主义思想家伏尔泰、卢梭、狄德罗都是这里的常客。当年,伏尔泰的几部著作、狄德罗的《百科全书》都是在这家咖啡馆的桌上撰写而成。后来,雨果、巴尔扎克、乔治·桑、左拉等也常常光顾这里。还有人以这家咖啡馆的名字创办了文学刊物《普洛可甫》。位于巴黎圣日耳曼德培大街的花神咖啡馆开张于 1885 年。这家咖啡馆过去毫无名气,直到法国小说家于斯曼和象征主义诗人雷·德·古尔蒙光顾后,才渐渐成为文艺界的聚会之地。哲学家萨特和波伏娃几乎以这里为家,他们每天上午 9 点来,一直工作到 12 点,然后出去吃饭;下午两点回来和朋友聊天,直到晚上 8 点;晚饭之后,他们又来这里会见客人。店主保罗·布巴忍不住抱怨:"我们总是看到他们带来一大摞文件,然后,就在纸上写写画画,一张接一张,没完没了……萨特是我最坏的顾客了!他只点一份饮料,就能磨蹭好几个小时,在纸上涂涂写写……"许多电影人,如美国导演洛塞、法国导演波兰斯基也是这里的常客。法国导演让-马克·瓦雷还以《花神咖啡馆》为名拍摄了一部电影,讲述了两个看上去毫无关联的故事:第一个故事发生在当今的蒙特利尔,DJ 安东尼他小心翼翼地在自己的新爱人罗斯和自己的老情人卡罗琳之间维持着脆弱的平衡。第二个故事发生在 1969 年的巴黎,杰奎琳几乎抛弃了自己的生活,照顾患有严重的唐氏综合症的儿子,可是儿子长大后,却深深伤害了母亲。这部电影也使得

《花神咖啡馆》电影海报

❧ 巴黎花神咖啡馆

"花神"在全世界有了更高的知名度。

在 18 世纪初期的英国，仅伦敦一地就有近 3000 家咖啡馆。作家、艺术家像狄更斯、巴尔扎克、左拉、卡夫卡、毕加索、布莱希特，还有精神分析学大师弗洛伊德等等，都喜欢在咖啡馆里清谈、阅读和写作。巴尔扎克说："咖啡馆是作家的生活中心和文学基地，也是最能激发创作灵感的地方，一踏出咖啡馆，我的灵感也会随之而去。"18 世纪欧洲文坛上诞生的许多名篇巨著并不是创作于书房里，而是在咖啡馆的桌上写成的。可以这样说，咖啡催生了许多伟大著作的诞生。

在维也纳，甚至出现了"咖啡馆作家"，他们几乎日日泡在咖啡馆中。因为当时的作家大都生活拮据，家中没有专门写作的书房，所以就把咖啡馆当成了工作室。他们在这里一边享受着咖啡的浓香，一边进行创作，或是与同道交流，与出版商洽谈。

❧ 维也纳中央咖啡馆

　　许多人都熟悉这句话："我不在家，就在咖啡馆；我不在咖啡馆，就在去咖啡馆的路上！"但很少有人知道它出自 19 世纪奥地利诗人、散文家彼得·阿登伯格之口，他说的咖啡馆就是维也纳著名的中央咖啡馆。中央咖啡馆里经常有社会名流出入，譬如音乐家贝多芬、舒伯特、约翰·施特劳斯，还有画家克林姆特、席勒、弗洛伊德等等。革命家列宁、托洛茨基也曾是这里的座上宾，就连希特勒也青睐此地。作家普尔伽（Alfred Polgar）曾经写过一篇《中央咖啡馆理论》，认为"中央咖啡馆是一个与众不同的咖啡馆。它是一种世界观。而这种世界观最深刻的内涵是，不观世界，有什么可观的呢？"

　　阿登伯格可以说是"咖啡馆作家"的典型。他每天一醒来就到中央咖啡馆报到，在那里吃饭、喝咖啡、看报、写作、聊天、打盹，不到打烊时间不离开。这里的侍者替他收信、收洗衣店送来的衣服……他是真正数十年如一日地生活在咖啡馆里。据说，使他在文坛一鸣惊人的那首诗就是诞生于这里。某日，他坐在咖啡桌前像往常一样阅读报纸，报上一条犯罪新闻使他受到很大震撼，情不自禁地拿起一张便签，写下了题为《地方新闻》的即兴诗作。当时也在咖啡馆的维也纳"心理小说"大师施尼茨勒读了这首诗，大为赞赏，次日就把它推荐给了一位著名作家主办的文学朗诵会。三天后，维也纳唯美主义文学的旗手赫埃曼·巴亲自写信约阿登伯格为自己主办的《时代周刊》撰稿；同时，著名作家卡尔·克劳斯也把他的文章推荐给了德国柏林最大的一家出版社。阿登伯格从此一发而不可收拾，成为维也纳文坛的一颗新星。咖啡馆既是他的生活空间，也是他灵感奔驰和沉思的精神空间。让人感慨的是，阿登伯格最后静静地在中央咖啡馆的桌子旁去世了……这家咖啡馆在二战中被战火摧毁，1975 年重新开业，1986 年再次装修，如今已成为维也纳的一个著名景点。2015 年夏天，我带着妻子和儿子专程探访这家咖啡馆。一进大门，就可以看到阿登伯格坐在椅子上沉思的雕像。在这个"为了不被时间消磨而消磨时间的地方"，我们一边喝着咖啡、吃着甜点，一边翻看桌上的杂志，度过了愉快的一个小时。

波德莱尔的名著《恶之花》中许多诗章的灵感就是在咖啡馆中诞生的，有的诗歌就是创作于咖啡桌上。他常光顾的是一家名叫塔布雷的咖啡馆。当年，巴尔扎克、缪塞、戈蒂埃、德·奈瓦尔也常常出入其间。为了引人注目，也为了表现自己的特立独行，波德莱尔常常在激情四溢地谈论政治或美学问题的时候突然停顿下来，转身对着旁边的一位年轻女子温柔问道："小姐，你知道我想做什么吗？我渴望能在你雪白的肌肤上咬一口。恕我冒昧，我要告诉你我想怎样跟你交欢。我想把你的双手捆在一起，缚住你的手腕，把你吊在我房间的天花板上……"或者他会懒洋洋地用手指着乳酪说，"你是不是觉得它的味道有点儿像是小孩子的脑髓?"有时,他还会当众吟诵出一些古怪的带有施虐狂的诗句。这咖啡馆这个自由的空间里,天才的波德莱尔恣意放纵着自己的激情和诗思。

在当代,也有一些与书有关的著名咖啡馆。英国爱丁堡马歇大街 32 号有家叫"大象"的咖啡馆,就是因为《哈利·波特》而闻名全球。当年,穷困潦倒的罗琳经常推着婴儿车来到这里,点一杯廉价的咖啡放在桌上,然后利用这里的电脑开始写作。终于,一部后来畅销全球的奇幻小说在咖啡香中诞生了。这间咖啡馆似乎是作家的写作"圣地",畅销书《坚强淑女侦探社》的作者亚历山大·梅可史密斯、著名惊悚小说作家伊恩·蓝钦也是这里的常客。作家在咖啡馆里写作不稀奇,但著名的奇幻小说、侦探小说与惊悚小说家都由这里走出,就让人们开始议论,这里的咖啡是否充满了某种神秘的启示?

❧ 爱丁堡的大象咖啡馆

❧ 萨特与波伏娃在咖啡馆　　　　❧ 布拉格的雨果咖啡馆

有人在咖啡馆里写作,更多的人在咖啡馆里阅读。

咖啡与书都是具有内在性的物质,因此一个懂得品味咖啡的人,必然也会懂得品味书。喝一口热气腾腾的咖啡,氤氲在咖啡香与油墨香中,他会用心去聆听作者心灵深处的声音,因而也更容易体会到与自然相合、与灵魂相契的意境,情思会变得缥缈……咖啡馆在某种程度上隔离了尘世的喧嚣,为人们营造出一个宁静的适合沉思的空间。对于现代人而言,阅读并拥有沉思的机会实在是太奢侈了。

正是咖啡的芬芳,以它难以言喻的魔力,引领着写作者驰骋文思,也引领着阅读者返回自己的内心。

咖啡与书,永远暧昧缠绵,永远难舍难分。

病经书卷作良医
——书与治疗

　　《秋海棠》的作者、作家秦瘦鸥曾说："我自小多病，但又最怕服药打针，几乎每次都是依靠着《西游记》《封神演义》《江湖奇侠传》《福尔摩斯大探案》等书，获得充分休息并恢复健康。近年则把金庸、梁羽生、琼瑶三位先生的巨作作为药物，以对抗伤风流感乃至心脏早搏等，几乎百试百验。"他以自己的切身体验，道出了一个科学道理——阅读可以治疗疾病。

　　"阅读治疗"本意是指以书籍为媒介，将读书作为保健、养生以及辅助治疗疾病的手段，使读者本人或导读者指导他人，通过对书籍中信息内容的针对性接受，转移对于病痛的注意力，调适个人情绪，抚平内心创伤，恢复身心健康的一种方法。

　　据说，早在中世纪，开罗的医院中就有牧师为病人诵读《古兰经》，辅助手术和药物的治疗。首次倡导"阅读疗法"的是瑞典神经病理学家亚罗勃·比尔斯特列。他的主要观点是通过指导阅读，使病人消除紧张、不安和消极情绪，树立乐观精神，战胜疾病。18世纪至19世纪，"阅读疗法"在欧洲进一步得到推广。1948年，美国学者高尔特撰写的《论精神病患者的阅读、娱乐和消遣》第一次科学地对"阅读疗法"的功能进行了论述。近年来，欧美国家的精神病院对"阅读疗法"的研究十分活跃，并已证实其为行之有效的精神治疗的一个支脉。

　　中国古代没有"阅读疗法"的概念，但是，古人很早就认识到读书有治病的作用，尤其对心理社会因素引起的疾病，如抑郁、焦虑、恐慌、烦恼等疗效显著。汉代学者刘向说过:"书犹药也,善读者可以医愚。"刘勰在《文心雕龙》中也说:"箴者,针也,所以攻疾防患,喻针石也。"这是最早的关于阅读与疾病关系的理论探讨。至于这方面的故事,更是不胜枚举。

据说,汉文帝刘恒小时候有点笨,后来经名师指点,日日"读颂奇文"。经多方启蒙、诱导,其弱智症不药而愈,后来还当了皇帝。

《三国志》中记载:陈琳作了一篇檄文批评曹操,笔锋犀利,措

刘松年创作的《秋窗读书图》

辞激烈,尽数他的滔天罪行。写成后呈送给曹操。曹操当时正患头疼,卧读檄文,吓出一身冷汗,跳下床大呼:"这文章治好了我的病。"

据《陈书·徐陵传附子份传》记载:有一次,《玉台新咏》的编撰者徐陵病得很厉害,生命垂危。他那文采斐然而又孝顺的二儿子徐份焚香跪哭,在床边连续朗读了三天三夜的《孝经》,居然奇迹般地把他的病给治好了。

"诗圣"杜甫认为自己的诗歌非同一般,可以避疟。据《苕溪渔隐丛话》记载:"子美自负其诗,郑虔妻病虐,过之,云:当诵予诗,虐鬼自避。初云月低秦数,乾坤绕汉宫,不愈;则诵子章骷髅血模糊,手提掷还崔大夫,又不愈;则诵虬髯似太宗,色映塞外春,若又不愈,则卢扁无如何矣。"后来,又有"杜诗可以杀人"的说法。看来,杜甫的诗歌的确具有强烈的震撼心灵的效果。

唐代大文豪韩愈也有以他人的诗治愈自己疾病的传说。有一天,他心情烦躁、头疼脑涨在家休息。家仆来报,门外有人求见。韩愈不愿见客,家仆出去后带回一沓诗稿,说访客希望他过目。韩愈无精打彩地接过诗稿,抬眼看到一句"黑云压城城欲摧",为其气魄所震撼,精神为之一爽,接着看下一句"甲光向日金鳞开",顿觉心情舒畅,不由击节叫好,忧虑、烦躁顿飞九霄云外。这首诗的作者就是李贺,他很快就因韩愈的举荐而名声大噪。

宋代诗人苏轼在《安州老人食蜜歌》一诗中写道:"蜜中有诗人不知,千花百草争含姿。老人咀嚼时一吐,还引世间痴小儿。小儿得诗如得蜜,蜜中有药治百疾。正当狂走捉风时,一笑看诗百忧失。"苏东坡以蜜味比诗味,认为"蜜中有诗"可治百疾,而诗亦如蜂蜜,可解百忧,对于老人和小孩效果更佳。

宋代理学家朱熹谈自己在病中看《资治通鉴》的感受时说:"病中抽几卷《通鉴》看,值难置处,不觉得骨寒发耸,心胆欲堕

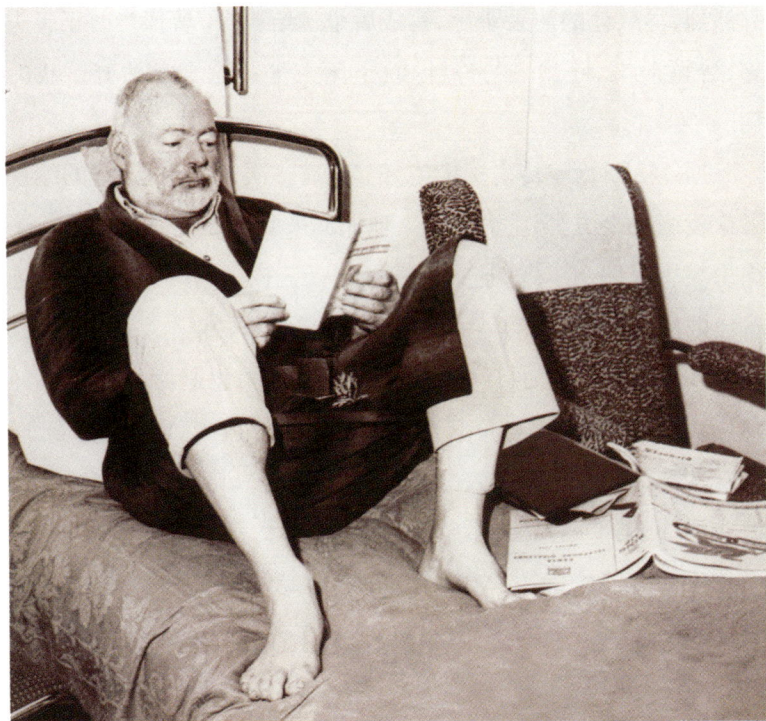

❧ 海明威受伤后在床上阅读

地。"他在这里讲到了阅读的负作用。一个人在病情危重时阅读那些易引发负面情绪的书,反而会对健康不利。

宋代诗人陆游一生创作诗歌近万首,其中有不少以读书为主题,吟咏读书之乐的诗篇。他在《抄书》中写道:"储积山崇崇,探求海茫茫。一笑语儿子,此是却老方。"把藏书、读书之益概括为"却老方",并欲传诸子孙。他在《闲吟》中写道:"闲吟可是治愁药,一展吴笺万事忘。"看来,他是信奉"病经书卷作良医"的。他认为最好的疗疾之书要数《周易》和《离骚》,而又以《周易》为最,因此在《六言杂兴诗》中写道:"病里正须《周易》,醉中却要《离骚》。"他还热心推广读书疗疾之术,《山村经行因施药之三》中这样写道:"儿扶一老候溪边,来告头风久未痊。不用更求芎芷药,吾诗读罢自醒然。"陆游大概是中国历史上最自觉地利用阅读疗法养生保健的文人之一。

明代学者高濂的《遵生八笺》辑录古人养生格言、小品文、诗词、药方、食谱等,杂以议论,其中的《清修妙论笺》《起居安乐笺》对阅读保健多有涉及。他指出读书要做到"旁若无人",达到像"高凤读书,不知暴雨"的专注程度,更要掌握"扫荡胸次净尽,然后吟哦上下,讽咏从容使之感发"的要领,这样才能收到养生的奇效。

明代的袁宏道认为《金瓶梅》有解忧去病之效。他在给朋友的信中说:"《金瓶梅》从何得来?伏枕略观,云霞满纸,胜于枚生《七发》多矣。"

与李渔同时代的学者余怀,认为李渔的《闲情偶寄》是一味治病良药。他在该书的序言中赞曰:"其言近,其旨远,其取情多而用物闳,谬渗乎,缅缅乎,汶者读之旷,僮者读之通。悲者读之愉,拙者读之巧,愁者读之忭且舞,病者读之霍然兴。"

在阅读治病问题上,清代的张潮有过比较系统的研究。他用中国传统的揭示中药药性的方法来分析书的治疗功效,撰写了一篇《书本草》,构思巧妙,堪称一份极具中国特色的阅读疗法书目。他写道:

【四书】有四种,曰《大学》,曰《中庸》,曰《论语》,曰《孟子》。俱性平,味甘,无毒,服之清心益智,寡嗜欲。久服令人醉面盎背,心宽体胖。

【五经】有五种,曰《易》,曰《诗》,曰《书》,曰《春秋》,曰《礼记》。俱性平,味甘,无毒,服之与四书同功。

【诸史】种类不一,其性大抵相同。内惟《史记》《汉书》二种,味甘,余俱带苦。服之增长见识,有时令人怒不可解,或泣下不止,当

🔱 诗人艾青的藏书票　　　　　🔱 作家三毛的藏书票

暂停,复缓缓服之。但此药价昂,无力之家往往不能得。即服,亦不易,须先服四书、五经,再服此药方妙。必穷年累月方可服尽,非旦夕所能奏功也。官料为上,野者多伪,不堪用。服时得酒为佳。

【诸子】性寒、带燥,味有甘者、辛者、淡者。有大毒,服之令人狂易。

【诸集】性味不一,有微毒,服之助气,亦能增长见识,须择其佳者方可用,否且杀人。

【释藏、道藏】性大寒,味淡,有毒,不可服,服之令人身心俱冷。唯热中者宜用,胸有磊块者服之亦能消导,忌酒,与茶相宜。

【小说、传奇】味甘,性燥,有大毒,不可服,服之令人狂易。惟暑月神气疲倦,或饱闷后风雨作恶,及有外感者服之,能解烦消郁,释滞宽胸,然不宜久服也。费此度日,药已顾所用何如耳,用之而当,虽蛇蝎亦足以奏功。韩信之背水阵,岳飞之不学古兵法是也。用之而不当,即茯苓亦足以殒命,赵括之徒读父书,王安石之信用周礼是也,此又用药者所当知。

张潮几乎指出了所有典籍的药性、适应症、疗效、服用方法及副作用,可见他对传统医学与文化有着精深的理解,堪称中国古代的阅读疗法大师。

尽管古代有不少关于阅读治疗的精辟见解和成功案例,但是,作为一门学科在中国兴起,却是在 20 世纪 90 年代。南京大学的沈固朝教授最早将阅读疗法这一概念引入国内,并进行系统研究。经过多年的发展,阅读疗法在中国已经取得了很大的进展。北京大学图书馆研究员王波在 2007 年出版了《阅读疗法》,这是中国内地第一部关于阅读疗法的理论著作。

王波系统梳理中国古代相关文献,整理出一份传统文化阅读疗法书目:

一、著作:六经、诸子、《论语》《孝经》《离骚》《国语》《孙子兵法》《吕氏春秋》《红楼梦》《金瓶梅》。

二、文章:黄帝之《素问》;韩非之《说难》《孤愤》;枚乘之《七发》;王褒之《甘泉》《洞箫颂》;陈琳之檄文。

三、名家诗歌:杜甫诗、陆游诗。

四、文献类型:箴、传奇、野史、六经、诸子。

他还在《图书疗法在中国》一文中开列过"一个大众化的阅读疗法处方":

抑制烦躁、易怒、敌意的书:《论语》《冰心全集》《周恩来传》《笑傲江湖》。

抑制兴奋过度、精神亢进的书:《聊斋志异》《阿 Q 正传》《中国十大悲剧选》《史铁生文集》。

调整紊乱思绪、减轻内心焦虑的书:《庄子》《陶渊明集》《东坡全集》《平凡的世界》。

克服精神抑郁的书：《笑林广记》《西游记》《儒林外史》《围城》。

压惊、消恐之书：《易》《孙子兵法》《六祖坛经》《三毛文集》。

根据气质说，王波还开列了一个阅读疗法书目：

胆汁质读者（兴奋型，性如夏，五行属木，代表人物普希金）宜读书：果戈理的书

多血质读者（活泼型，性如春，五行属火，代表人物赫尔岑）宜读书：克雷洛夫的书

理智质读者（中庸型，五行属土，代表人物孔子）宜读书：普希金的书

抑郁质读者（抑制型，性如秋，五行属金，代表人物果戈理）宜读书：赫尔岑的书

黏液质读者（安静型，性如冬，五行属水，代表人物克雷洛夫）宜读书：孔子的书

王波还结合中医理论，把图书分为君、臣、佐使三种类型，开列一个阅读疗法书目：

养命之上药——药中之君：传统经典，如基督教之《圣经》、伊斯兰教之《古兰经》、儒家之四书五经。

养性之中药——药中之臣：公认的名著，如《水浒传》《三国演义》《西游记》《红楼梦》。

治病之下药——药中之佐使：通俗的心理调节书，如《心灵鸡汤》《诗疗馆丛书》《看书治眼疾》等。以及武侠小说、笑话书、悲剧书等可以快速扭转情绪的书。

有位网友在《文化养生》一文中曾经开列了一份对症阅读疗法书目，王波修正、增补后成为《常用对症阅读疗法书目》：

（1）敛财火炽，欲壑难填者，取清心败火之药：《清贫思想》。清水一杯，日服一章。

（2）追名逐利，为世象所迷者，需行气开窍之药：《菜根谭》《续菜根谭》。含清茶，日服一章。

（3）厌恶城市喧嚣者，用宁心静气之药：《陶渊明集》《王维诗集》。带酒，日服一篇。

（4）年老体衰，防老年痴呆者，宜用动脑活神之药：《许国璋英语》《西游记》。日服一次，每次一节（回），交叉服用。

（5）整天闷闷不乐，总像有人欠他三升麦或八辈子债者，用开颜发笑散：《幽默大全》《古今笑话大全》《讽刺与幽默》。早晚各服一次，每次一则。

（6）官瘾特大，心事重得头疼，不择手段向上爬者，需扶正祛邪之药：《新编二十五史》《资治通鉴》。日服三千字。

（7）身在福中不知福，边吃肉边骂娘者，取苦味辛凉透腑之药：《扬州十日记》《南京大屠杀》《活着》《许三观卖血记》《平凡的世界》。日服一章。

（8）遇男则昏，常常受骗受伤的女子，需服明目醒脑之药：《红楼梦》《围城》《神雕侠侣》《包法利夫人》《飘》。日服一章。

（9）精神空虚，语言苍白无味，系文化贫血症，宜服温补命门之剂：《四书》《五经》《史记》《汉书》《文选》《古文观止》《唐诗三百首》。日服三千字。

（10）见书心就烦，风风火火，六神不安，系浮躁症，宜用清虚火定神之药：《齐白石书画全集》。日服两次，每次一画。

学者许家和也开列过一份阅读疗法书目：

治弱智症：宜选读趣味性强、有增智启蒙作用的连环画、寓言、童话、小说等图书，并提倡幼儿、步儿期早读，讲究循序渐进，从简入繁。如《安徒生童话选》《西游记》等。

治抑郁症：宜选读故事生动、幽默风趣的小说、笑话、喜剧剧本等图书，如《聊斋志异》《威尼斯商人》等。

🔱 泰奥尔多·鲁赛尔创作的《阅读中的少女》

治心病：宜选读故事曲折、引人入胜的古典名著或言情小说，如《红楼梦》《水浒传》等。

治儿童口吃症：宜吟诵儿童歌谣、诗歌等作品，注意发音正确，求畅不求快。如《唐诗三百首》《新编三字经》等。

防老年痴呆症：坚持每天读书、看报，步入中老年后尤须如此，以防脑细胞早衰，保持思维敏捷。

酒好也怕巷子深
——书与广告

对于一本图书来说，一则好的广告不仅可以锦上添花，更能切实提升其市场销售量。这样的成功例子不胜枚举。如今，出版者对于图书广告是越来越重视了，手段也是无所不用其极，但是广告的品位却是越来越低。"最""感动×亿人""卓越"等等看似重磅的词句频繁轰炸着读者的感官，久而久之却因为审美疲劳而让人神经麻木。广告的趣味性、文化性都谈不上，更勿论其艺术性了。广告词雷同，缺乏创意，忽视对出版理念的诉求，不注意研究读者的阅读心理，这些已经是图书广告的流行病。

三联书店的前掌门人范用一直非常重视图书广告，而且对之独有情钟。他曾说："我看书的广告，最早是在20世纪30年代。那时父亲病故，家境困难，买不起书，只能到书店站着看不花钱的书，看报纸杂志上的书的广告。"范用爱看的那些广告，应该属于艺术性与实用性兼具的佳作。他曾选编《三十年代图书广告选录》《爱看书的广告》两本书，辑录现代出版史上的经典广告案例以飨同好。

其实，中国的图书广告历史悠久。早在唐至德二年（公元757年），成都卞家印本《陀罗尼经咒》首行就印有"唐成都府成都县龙池坊卞家印卖咒本"，这是告诉读者此书印卖的地址，堪称中国古代最早的图书广告。

在很长一段时期内，图书是没有封面的。直到南宋末年，图书才有了封面，上面印着书名，不仅醒目，而且美观，开始有了广告

老广告:果戈理作品广告

的效果。到了元代，有的作者把自己的画像刻印在著作上，起到自我介绍及广告宣传的作用。

明清时代书业繁荣，出版商更加重视图书的广告，以吸引读书人。

明弘治年间的刊本《奇妙全相注释西厢记》的底页上就刊印了书坊广告："本坊谨依经书重写绘图，参订编次大字本，唱与图合，使寓于客邸，行于舟中，闲游坐客，得此一览始终，歌唱了然，爽人心意。"这则广告文字简练，表述清晰，而且字里行间蕴含情感，让人看了倍感亲切，极有吸引力。明代的一些御制序文，也有广告功效。如明刊本《御制大诰》序云："朕出是诰，昭示祸福。一切官民诸色人等，户户有一本。若犯笞杖徒流罪名，每减一等；无者每加一等。所在臣民，熟视为戒。"有此书者，罪减一等；无此书者，罪加一等。"户户有一本"，其发行量之大，可想而知。这是古代利用行政手段推销图书的典型案例。

李渔是著名文人，也是大书商。他50岁时在南京开书铺，推出了诸如《芥子园画谱》《闲情偶寄》等畅销书。他非常善于在自己的书中做广告，譬如，他在《窥词管见》中推荐："前著《闲情偶寄》一书，曾以生怕底里和盘托出，颇于此道有功。但恐海内词人有未尽睹，如谓此言有当，请自坊间索而读之。"广告做得实在巧妙。在《尺牍初征》中，李渔借石鲸来函称：所刻《怜香》《风筝》诸书，"梅食必藉以下酒。昨者偶失提防，竟为贪人攫去，不啻婴儿失乳。"有点儿类似今天的名家推荐，颇有说服力。

新文化运动勃兴，中国的出版业进入新的发展时期。当时的开明书店、生活书店、读书出版社、新知书店、良友出版公司，还有创造社、新月社、三闲书屋等，几乎每出一本新书都要做广告，而且做得有声有色。许多作家亲自操刀撰写广告词，如鲁迅、茅盾、巴金、老舍、叶圣陶、徐志摩、胡风、施蛰存等，皆是此中高手。

鲁迅是广告艺术大师，曾为自己的著作、译作、创办的刊物、开办的书店写过不少宣传广告。如，他在《京报副刊》上刊登的《〈苦闷的象征〉广告》："这其实是一部文艺论，共分四章。现经我以照例的拙涩的文章译出，并无删节，也不至于很有误译的地方。印成一本，插图五幅，实价五角，在初出版两星期中，特价三角五分。但在此期内，暂不批发。北大新潮社代售。"言简意赅，信息密集，而且指明了优惠活动，实用性强。他为《死灵魂一百图》所做的广告，堪称一篇经典之作："果戈理的《死魂灵》一书早已成为世界文学的典型作品，各国均有译本。汉译本出，读书界因之受一震动，顿时风行，其魅力之大可见。此书原有插图三种，以阿庚所作《死灵魂一百图》为最有名，因其不尚夸张，一味写实，故为批评家所赞赏。惜久已绝版，虽由俄国收藏家视之，亦已为不易入手的珍籍。三闲书屋曾于去年购得一部，不欲自密，商请文化生活出版社协助，全部用平面复写版精印，纸墨皆良。并将梭可罗夫所作插图十二幅附于卷末，以集《死魂灵》画像之大成。读者于读译本时，并翻此册，则果戈理时代的俄国中流社会情状，历历如在目前，介绍名作而兼及如此多数的插图，在中国实为空前之举。但只印一千本，且难再版，主意非在谋利，定价竭力从廉。"先介绍其影响巨大，再说明得之不易，继之介绍印制之精致，最后告知限量不再版，鲁迅实在是揣摩透了读书人的心理，因此句句中的，勾魂摄魄。

1936年4月，生活书店邹韬奋约请茅盾主编《中国的一日》。为了做好这本书的宣传推广，茅盾亲自撰写了广告词："《中国的一日》，现代中国的总面目 / 这里有富有者的荒淫与享乐 / 饥饿线上挣扎的大众 / 献身民族革命的志士 / 女性的被压迫与摧残 / 落后阶层的麻木 / 宗教迷信的猖獗 / 公务人员的腐化 / 土豪劣绅的横暴 / 从本书18编中所收的500篇文章里面，可以看出中国的一日或不限于此一日的丑恶与圣洁、光明与黑暗交织成的一个总面目。"茅盾以深沉的情感,寥寥几笔勾勒出旧中国各阶层面貌,字里行间,爱憎分明,寓意深刻。这则广告语言质朴简洁,体现出极高的文学素养。

巴金在长期的编辑生涯,特别是在担任文化生活出版社总编辑的 14 年中,撰写了大量图书广告。那些文字既是广告,也是散文,充满感情色彩。1946 年 1 月的《文艺复兴》创刊号上,巴金为自己的长篇小说《憩园》撰写广告词:"这是作者最近完成的一部长篇,在这长篇里作者似乎更往前走了一步,往人心深处走了一步。这里没有太多的激动,使你哭我笑,然而更深的同情却抓住你我。我们且记着作者往日说过:他在发掘人性。我们也许可以读到愤怒,但绝没有悲哀。该死的已经死了,爱没有死,死完成了爱。"文字洗练,情感真挚,情理交融。

❧ 老广告:拍案惊奇牌记　　❧ 老广告:开明书店广告小册子《开明》

老舍是语言大师,也是幽默大师,他撰写的图书广告极有个性。例如,他曾为自己的作品写过一则广告刊载在1934年12月的《论语》半月刊上:"《牛天赐传》是本小说,正在《论语》登载。《老舍幽默诗文集》不是本小说,什么也不是。《离婚》是本小说,不提倡离婚。《小坡的生日》是本童话,又不太像童话。《二马》又是本小说,但没有马。《赵子曰》也是本小说。《老张的哲学》是本小说,不是哲学。"这则广告文字高度概括,幽默风趣,引人入胜。

编辑大家叶圣陶长期任职于商务印书馆和开明书店,撰写的广告文字,娓娓道来,质朴亲切,毫不雕琢和夸饰。他曾为朱自清的散文集《背影》撰写广告:"谁都认识朱先生是新诗坛中的一位健将,但他近年来却很少做诗,因为他对于自己的诗并不觉得满足。他所最得意的还是散文,所以近来做的散文已特别多。这是他最近选辑的散文集,共含散文十五篇,叙情则悱恻缠绵,述事则熨帖细腻,记人则活泼如生,写景则清丽似画,以致嘲骂之冷酷,讥刺之深刻,真似初写黄庭,恰到好处。以诗人之笔做散文,使我们读时感到诗的趣味。全书百五十余页,上等道林纸精印,实价伍角伍分。"不仅文采斐然,而且点明了作品的价值,不啻于一篇微型文学评论。

当时,刊登书籍广告最有影响的是《现代》杂志。这本杂志只存在了短短三年,却刊登了数百则书籍广告,并形成了自己的特色。除了善于以作者的名气来做宣传外,还瞄准读者的心理在书籍内容上极力挖掘兴奋点。如,在《现代》第一卷第一期上刊登的郭沫若译的歌德的《少年维特之烦恼》的广告:"本书在一七七四年出版后,一般青年大起共鸣,追慕维特之遗风,而效学其装束。青衣黄裤的维特热流行于一时,苦于性的烦恼的青年,读此书而实行自杀者有人,自杀之后在衣囊襟袋中每有挟此小书以殉者。本书之动人有如此者。"而新月书店的广告则是另一种风格,清

❧ 老广告：生活书店的刊物广告　　❧ 老广告：生活书店图书广告

丽、香艳、颓废，有点儿小资味道。如徐志摩《巴黎的鳞爪》的广告词："先生，你见过艳丽的肉没有？那么，请读——《巴黎的鳞爪》！/你做过最荒唐、最艳丽、最秘密的梦没有？那么，也请读——《巴黎的鳞爪》！/《巴黎的鳞爪》能叫你开开眼界，能叫你知道散文的妙处。/《巴黎的鳞爪》译成过日文；不愿让日本读者独开眼界、欲独得妙处的，不可不读此书。"单以第一句来看，似显俗艳，但是层层引入后，却臻雅境，叫人不由不佩服作者构思之巧妙。

西方人同样重视图书的广告，与讲究含蓄蕴藉的东方风格不大一样，他们往往更率直、幽默，表现出一种机趣。

为了推销自己的著作，英国十七八世纪作家们流行给自己的小说取一个长长的副题，繁复得正如女人裙子上层层叠叠的花边。笛福小说《摩尔·弗兰得斯》的副标题是："她出生于纽盖特，一生三十多年历尽变幻，除童年外，做妓女十二年，五次为人妻（其中一次嫁给了自己的哥哥),做贼十二年,八年身为弗尼吉亚移交的重罪犯,最后变为富人,以诚实的身份生活,死时是一个悔罪者。"当时大概没有发明腰封和勒口,这个副标题简直就是一篇内容简介,恨不得将书中所有的猛料都抖出来。

古今中外都禁书,被禁的书往往对读者更有吸引力。美国各州都有立法权,会根据各自的情况禁售一些书。1946 年,一本叫《希卡特县的回忆》的小说出版了,书里的六故事中有一个"涉嫌"性描写,纽约州法院因此判出版商犯淫秽罪,罚款一千美金。1961年,此书平装本又在美国上市,封面上有"纽约州之外销售"字样。到了 1966 年,另一个版本的《希卡特县的回忆》出版,出版商干脆在封面上加了一句话:"地道未删节原本,纽约州仍在禁。"

更有出版商挖空心思在"诗外"下功夫的,譬如,通过悬赏、征婚的互动方式来吸引读者。如,"本出版公司出版的《心事有谁知》一书在某印刷厂装订成册时,一位技工不慎将一张千元美钞夹入书中而忘记取出;事后,查找多次仍未发现,以致技工心急如焚。请发现它的人,务必做做好事归还与他。他们将奉上五百元美金以作酬劳,并登报致谢。""我是位刚满三十岁的亿万富翁,英俊能干,更善于理财。现有意成家,想征求一位美丽温柔的女子,先友后婚,以结良缘。关于我的详细情况,请参阅某书局出版的《白手起家》。"像这样的广告读来让人忍俊不禁,应该不会有多少人去探究其真实性,更多的只会夸赞作者匠心独具。当然,这样的花招也不宜多玩,否则就有哗众取宠之嫌了。

我在《今古传奇》当主编时,也亲自操刀写过不少广告。譬如长篇小说《人间正道是沧桑》,围绕主人公的性格作文章:"他像林彪,也像陈赓;他似王近山,又似宋时轮。著名影星孙红雷主演的男一号杨立青,顽皮如猫,狡黠如狐,勇猛如虎。把机关枪当作情人,不惧血雨腥风,可是在心爱女人的窗前伫立一夜,还是说不出

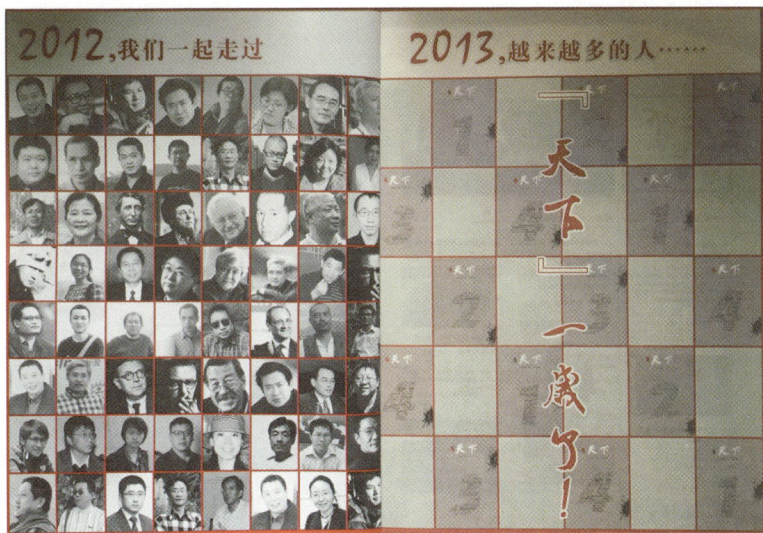

❧ 《天下》杂志的广告

一个'爱'字……"譬如纪事文学《我的父亲张爱萍》,运用数字连珠法高度概括其生平:"一身正气,两袖清风,三番沉浮,四度首创,五年遭囚,六回历险,七情张扬,八斗之才,九死一生,十次让官,百折不挠,千秋流芳!"

怎样写好图书的广告词,范用说过,"用短短的百来字介绍一本书,是很要用心的……广告文字要简练,实事求是,不吹嘘,不讲空话废话。"再加上一条,有一点点幽默感,会让购买与阅读变得更加有趣。

　　书中部分图片的作者不详,或者因各种原因无法联系上作者,请相关人士与本书作者联系,邮箱:caijiayuan@21cn.com。将按相关规定支付稿费。

WHAN that Aprille with his shoures soote
The droghte of March hath perced to the roote,
And bathed every veyne in swich licour,
Of which vertu engendred is the flour;
Whan Zephirus eek with his swete breeth
Inspired hath in every holt and heeth

The tendre croppes, and the yonge sonne
Hath in the Ram his halfe cours yronne,
And smale fowles maken melodye,
That slepen al the nyght with open eye,
So priketh hem nature in hir corages:
Thanne longen folk to goon on pilgrimages,
And palmeres for to seken straunge strondes,
To ferne halwes, kowthe in sondry londes;
And specially, from every shires ende
Of Engelond, to Caunterbury they wende,
The hooly blisful martir for to seke,
That hem hath holpen whan that they were
seeke.

BIFIL that in that seson on a day,
In Southwerk at the Tabard as
I lay,
Redy to wenden on my pilgrym-
age
To Caunterbury with ful devout
corage,
At nyght were come into that hostelrye
Wel nyne and twenty in a compaignye,
Of sondry folk, by aventure yfalle
In felaweshipe, and pilgrimes were they alle,
That toward Caunterbury wolden ryde.

HERE BEGINNETH THE TALES OF CANTERBURY AND FIRST THE PROLOGUE THEREOF

The tendre croppes, and the yonge sonne
Hath in the Ram his halfe cours yronne,
And smale foweles maken melodye,
That slepen al the nyght with open eye,
So priketh hem nature in hir corages;
Thanne longen folk to goon on pilgrimages,
And palmeres for to seken straunge strondes,
To ferne halwes, kowthe in sondry londes;
And specially, from every shires ende
Of Engelond, to Caunterbury they wende,
The hooly blisful martir for to seke,
That hem hath holpen whan that they were
seeke.

BIfil that in that seson on a day,
In Southwerk at the Tabard as
I lay,
Redy to wenden on my pilgrym-
age
To Caunterbury with ful devout
corage,
At nyght were come into that hostelrye
Wel nyne and twenty in a compaignye,
Of sondry folk, by aventure yfalle
In felaweshipe, and pilgrimes were they alle,
That toward Caunterbury wolden ryde.

WHAN THAT Aprille with his shoures soote
The droghte of March hath perced to the roote,
And bathed every veyne in swich licour,
Of which vertu engendred is the flour;
Whan Zephirus eek with his swete breeth
Inspired hath in every holt and heeth